シルバーブレット
メディカルドクター・黒崎恭司と弁理士・大鳳未来

南原 詠

宝島社文庫

宝島社

目次

シルバーブレット
メディカルドクター・黒崎恭司と弁理士・大鳳未来

プロローグ

『品川協生病院』は文字通り品川区にあるが、最寄り駅は目黒駅だ。なお目黒駅が品川区にあることは有名である。

そんなどうでもいい知識を頭の端におしやりつつ、大鳳未来は駅前のロータリーからバスに乗り込んだ。

時刻は午前九時五十五分。目黒川の近くのバス停で降車した未来は、全力疾走で品川協生病院に向かった。

病院の古い建物――今は人間ドック専門施設になっているらしい――を横目に、新しい建物に向かって走る。

病院のエントランスの待合ロビーは賑わっていた。病院に賑わっているとの表現が適切かどうかは微妙だが、儲かっている病院であることは間違いなさそうだった。

未来は息を切らせて受付に近づいた。

制服の受付担当の女性が、事務的に訊ねた。

「どのような御用でしょうか」

未来は走ったせいでずり落ちそうなショルダーバッグの紐を肩にかけなおした。

「新薬の治験はどこで行っていますか。治験番号ＺＷ－〇三、第一相臨床試験です」

治験とは、率直に説明すれば新薬の人体実験である。

新しい薬や医療用具の製造や販売に対し、厚生労働省の承認を得ることを目的として企業が行う人間を対象とした試験を治験という。

治験にはいくつか種類があるが、今回の『第一相臨床試験』とは、作ったばかりの薬を薄めて健康な人間にとりあえず投与し、悪影響がないことを確認する試験である。

受付担当者の表情に、驚きの色が浮かんだ。明らかに意外だといわんばかりの表情だった。

「ご参加の方ですか。最上階の七階までお上がりください。案内板がありますので受付を済ませてお待ちください」

七階で行われる理由は、治験が上手くいきますようにとの願いがあってだろうか、と、未来はどうでもいいことを考えながらエレベーターに向かって早足で駆けた。

七階は静かだった。フロア案内を見る限り、最上階には病院機能は存在せず、大部屋がいくつかあるだけだった。用途は特に書いていない。七階は、百貨店にあるような催し物用のフロアかもしれない。

左右に延びる廊下の左側通路に、小さな立て札が見えた。『治験（ZW－〇三）対象者控室』と書いてある。

大部屋の扉は閉じていたが、中から騒めき声が聞こえた。

未来はそっと扉を開いた。

熱気と男臭さが未来の顔面をむわっと襲った。

ほんとに病院かここ、と思いながら、未来は顔を顰めた。

学校の教室くらいの広さの部屋の中に、パイプ椅子が並んでいた。三十から四十脚はある。

座っていたと思しき人間たちは、皆、大部屋の前方、教室であれば教壇の辺りに集まって人混みを作っていた。

二十代から三十代前半と思しき男性たちばかりだった。服装はまちまちで、チェックのシャツにカーゴパンツ姿の男性や、よれたTシャツに色褪せたハーフパンツ姿の男性、ジャージ姿もいた。皆、健康かどうかは不明だが、体力はありそうな男たちががやがやと怒鳴り立てている。

「いつまで待たせるんだ」

「まさか中止じゃないだろうな」

「朝七時集合で三時間も待たされているんだ。中止でも負担軽減費は全額出るんだろうな」

「早く投薬して飯を出せ！　こっちは指示通り昨晩から食事してねえんだ！」

喧騒（けんそう）の中心にいるのは、スーツ姿の気の弱そうな男だった。治験のコーディネーターに違いない。

「もうそろそろ責任者が説明に参ります。あと少しだけお待ちください！」

コーディネーターは酷（ひど）く慌てた表情で、治験参加者たちを宥（なだ）めていた。

「お前が責任者だろうが」

「私は病院側のコーディネーターです。責任者は製薬会社の方ですから」

治験者たちの声が余計に大きくなった。

「いいから早く始めろ！」

「こっちも暇じゃねえんだぞ！」

火に油を注いだようだった。

未来は足元に落ちていた小冊子を拾った。

足跡の付いた表紙のタイトルが目に入った。

『治験者の皆様へ　治験番号ＺＷ－〇三、第一相臨床試験』

ぺらぺらとページを捲ると、治験の説明文と同意文書があった。

騒ぐ治験者たちの後ろから、未来は大声で叫んだ。

「すみませーん！　お話いいですかー！」

コーディネーターは未来を見ると叫び返した。

「ですから担当者がやってくるまでもう少しお待ちください！」

「私は治験参加者ではありません！　違うんだってば！」

未来の声は治験者たちのだみ声に掻き消された。

他にスタッフはいないのだろうか。辺りを見回していると、人混みの後ろで騒いでいた男と目が合った。

新堂明良だった。

新堂はフリーランスの技術コンサルタントだ。未来の経営する《ミスルトウ特許法律事務所》でも、技術調査で頻繁に協力を頼んでいる。今日も依頼していた調査の完了報告を受けたところだった。

アイロンもかかっていないポロシャツにジーンズ姿の新堂は、人混みから離れて未来に近づいた。

「あれ未来さん。こんなところでお会いするとは意外ですね。まさか未来さんも治験のバイトに手を出しているだなんて。あっ、俺わかっちゃった。未来さん逆流性食道炎でしょ。今回の治験薬は逆流性食道炎の薬らしいですよ。スイーツ脳の未来さんなら、夜中にチーズケーキを一台ぺろっと食べてそのまま寝たりしてそうだから胃腸が悲鳴を――」

未来は小冊子を丸めて新堂の顔面を引っ叩いた。

「あんたこそなんでここにいるの。仕事ならミスルトウからいつも回してるでしょ」

新堂は「てへっ」と笑って答えた。

「急に軍資金が必要になりまして。今度の競馬のG1レースで、うちの愛馬が出走するんです。馬券を買って応援してあげないと」

思わず「はぁ?」と声が漏れた。

「いつの間に馬主になってたの」

「一口馬主ですよ。競走馬を複数人で分割して保有するシステムです。うちの子を見せましょうか? カッコいいですよ」

新堂はスマホを取り出し、画面を見せた。青鹿毛の凛々しい馬の写真が見えた。

新堂は多趣味な奴ではあったが、馬主までやっていたとは。

未来は呆れつつ、部屋の人混みに目を向けた。コーディネーターは質問攻めにあっている。

　新堂が舌打ちをした。

「三時間待たされている程度で騒ぐなっての。説明文には『治験は中止する場合もあります』ってちゃんと書いてあるんだから」

「ところで、治験にはよく参加しているの」

「学生時代から嗜む程度にやっているだけです。金がないときにね。まだまだ素人で、プロには及びませんよ。たとえば、あのお方とか」

　新堂が指を差した先を見る。

　一人だけ、壁際の席に座って動かない男性がいた。

　三十代後半だろうか。黒髪の長髪に甚兵衛姿と、治験者としても明らかに異質な風体の男だった。

　新堂は説明した。

「治験を生業にしている人です。ネットに出ていた特徴と同じなので間違いないです。ネットの情報によれば、彼は業界では有名な治験のベテランで、治験参加数は三百回以上、採血回数も千回を優に超えた生きるレジェンド、まさに『老師』ですよ。三時間待たされる程度では動じません」

腕組みをしたまま動かない治験のプロを、未来はしばらく見つめた。

未来は新堂を安心させた。

「大丈夫。中止にはさせないから」

新堂は何かに気づいたようだった。

「なるほど、特許侵害があったから対応に呼ばれたんですね。侵害品はなんですか？

まさか治験薬ですか」

「ノーコメント」

背後で微かにドアの開く音がした。

「いました！」

振り向くと、看護師と思しき男性と、くたびれたスーツを着た初老の男性がいた。

未来は一目散にドアに駆けた。

「《松岡製薬》の松岡社長ですね。《ミスルトウ特許法律事務所》の大鳳未来です」

初老の男性が破顔する。

「お待ちしていました！　本当にすぐ来てくれて助かります！　もうどうすればいい
かわからなくて」

「さっそく警告書をお見せください」

未来は松岡と一緒に入口から出ようとした。

治験者の一人が怒鳴った。

「担当者ってそいつか！　おい事情を説明しろ！」

「まさか中止じゃねえだろうな！」

「飯だけ先に出せ！」

治験者たちが一斉に入口の方向を振り向いた。

未来は松岡と一緒に素早く部屋を出て扉を閉めた。

松岡に連れられて、未来は別室に入った。

松岡製薬の社員が三人、看護師が一人と、白衣を着た医師が一人いた。医師は治験責任医師の竹川(たけかわ)で、品川協生病院の第一内科部長だという。

松岡社長が竹川医師に伝える。

「治験を始められず申し訳ありません」

竹川は、部長とは思えない丁寧な物腰で答えた。

「いえいえ。病院側としては問題ありませんよ。しかし、治験当日の朝に特許侵害の警告とは災難ですね」

未来はショルダーバッグから、クリアファイルを取り出した。ファイルには、今朝九時に松岡から届いた警告メールのプリントアウトが入っている。

メールは英語で、差出人はリトアニアにある某大学の医学部だった。

日本語に訳した上で要約すると次の内容だった。

『我々大学は、松岡製薬が開発中の新薬成分について先に研究をしている。我々は特許権、つまり独占権を取得している。開発をしたければ、ライセンス料を指定の口座にただちに支払う必要がある。支払わないのであれば、規定額の十倍の損害賠償と、開発の差し止めを請求する』

メールの最後には、特許番号と銀行口座の番号、ライセンス料額として約一万二千ユーロ、日本円で約二百万円の記載があった。

振込期限は日本時間の本日正午まで。

「この内容のメールが、今朝の八時に御社に届いたのですね」

松岡はプリントアウトを見ながら頷く。

「メールに気づいたのは、今朝、この品川協生病院に着いてからですか」

「はい。今回の治験薬は、品川協生病院を含めた三病院で治験を行います。私はこの病院の治験の様子を確認するため、朝からおりました」

「こちらで少し調べられる限り調べました。まず、大学はリトアニアに実在します。

特許も現時点で存続しています」

「今回の治験には三会場合わせて百人以上の治験者を集めています。経費も馬鹿にならず、中止するとなると金銭的にも時期的にも痛手です。二百万円程度ならいっそ支払ったほうがいいかとも思っています」

「あまり感心しない考え方です。ところで、今回の治験薬に特許成分は含まれているかはわかりますか」

松岡は首を横に振った。

「研究者に確認しましたが、確認には最低でも三日は必要とのことです」

未来は松岡に訊ねた。

「結論をお伝えする前に確認したいことがあります。治験者の皆さまとお話しをしたいのですが」

松岡は目を瞬（しばたた）かせた。

「かまいませんが、どのようなお話を」

未来は答えだけ聴くとすぐ部屋を出た。治験者たちの集まる大部屋に早足で向かう。

勢いをつけて扉を開けた。

目を血走らせた治験者たちが治験コーディネーターを取り囲んでいる。

　未来は手でメガホンを作った。

「皆さま、ご注目ください」

　治験者たちの視線が集まった。

「担当者か」

「おい、どうなってるんだ」

「早く説明しろ」

　未来は大部屋の中央に歩んだ。

「現在、治験を開始できない状態にあります。理由をご説明しますので、一度ご着席ください」

　治験者たちは互いに顔を見合わせ、パイプ椅子に着いた。

　治験者全員の着席を確認した後、未来は説明を続けた。

「本日朝、リトアニアにある某大学より警告書が送付されました。本日ここで行われる治験薬が、その大学の保有する特許権を侵害しているとの警告書です」

　治験者たちが騒めいた。

　未来は気にせず続けた。

「リトアニアの某大学の指摘通り、特許を侵害している可能性は極めて高い見込みです」

　治験者たちの騒めきが大きくなった。

「まずいじゃないか」

「中止となったら、治験の報酬は当然ゼロだ」

「交通費は出るよな」

　未来は大げさに天井を向き、目を瞑り、目を開いた。

「こちら側で検討した結果、今回の治験は特許権侵害になると判断せざるを得ませんでした。本治験薬は違法な特許侵害品であり、製薬会社は確実に有罪、また治験者の皆さまも共同不法行為者、すなわち共犯と解されます」

　治験者たちが一斉に立ち上がった。

「はぁ？」

「なんだって」

「俺たちが共犯？」

「治験薬の製薬会社が主犯だろ！」

「特許侵害品だなんて俺たちは知らなかったぞ」

　未来は声を張り上げた。

「特許侵害に『知らなかった』は通用しません。理由は問わず侵害した奴が悪いとされるのが特許のルールです」

「ふざけるな」

「なんの権限があってだ」

「お前はリトアニアの回しもんか」

「黙って言わせておけば」

未来は気にせず続けた。

「本件はほぼ確実に特許訴訟になるのですが、その際には皆さまにも被告側として証言をしていただきます。また松岡製薬側に発生した損害賠償は皆さまも分配して背負うことになります。共同不法行為者ですので当然です。というわけで、今からお一人ずつ身元を確認いたします。今までは治験に必要な最低限の情報しか得ておりませんでしたが、詳細までお訊きいたします。またその際に、特許訴訟の結果について責任を負うべき旨の契約書に署名をしていただきます。署名していただくまでお帰りいただくことはできません」

「てめえなんの権限があって俺たちを拘束するってんだ」

「弁護士を呼ばせろ。権利だろう」

未来は毅然とした態度で告げた。

「発言や態度にはくれぐれもお気を付けください。裁判で不利になる可能性がありますよ。それに、もう皆さまは治験者でもお客様でもなんでもありません。こちらとして丁重に扱う理由はなくなりました。食事も出しません」

「ふざけるな！」

「お前製薬会社の奴か？　責任者を呼べ！　社長を呼べ！　こんな要求認められるか」

少し前の治験コーディネーターと同じ末路を未来が歩もうとした寸前、重い声が響いた。

「特許侵害にはならねえはずだが」

皆が一斉に振り向いた先には、長髪で甚兵衛姿の男がいた。

新堂が未来に「おそらく治験を生業としている人です」と教えてくれた、治験のプロだ。

治験のプロは静かに語った。

「聞いたことがある。薬機法の承認を受けるための試験、つまり治験で医薬を使う場合であれば、例外的に特許侵害にはならない、ってな」

未来は頷いた。

「よくご存じですね。治験での医薬の使用が侵害になるかどうか。これは特許法上には規定されておりません。これが争点となった裁判が過去にありました。裁判はジェネリック薬――特許が切れた薬――の承認を受けるための治験を、特許が切れる前に行うことが特許侵害になるかどうかが争われました」

治験のプロは微動だにせず、単に口だけを動かした。

「ジェネリックでも販売するには承認を別途受ける必要がある。ジェネリック企業が、特許切れ直後にジェネリック薬を発売するには、まだ先発薬の特許が残っている間に治験をする必要があった。だから起きた裁判だ」

未来は説明を続けた。

「結論としては、ジェネリック薬の治験であれば特許侵害になりません。ジェネリックの治験を禁止すると、特許期間が実質的に延びてしまうからです。だって不公平でしょう? 治験は何年もかかります。ジェネリックの治験を、特許が切れた後に開始したら、ジェネリックが出回るのは特許切れから何年も後になります。特許が切れているのにジェネリックはすぐに売れない。それでは本当に特許が切れたとはいえませんよね」

治験のプロの顔に薄く笑みが浮かんだ気がした。

　未来は続けた。

「しかし今回は同じ理屈は通用しません。なぜならここで使う治験薬はジェネリックではないからです。というわけで、皆さんの罪状は変わりません」

　治験者たちの顔色が青くなって赤くなった。

「じゃあ共犯だってのか」

「さっき説明したでしょう。観念してください」

「ふざけるな！」

「俺は帰るぞ！」

「こんなところいられるか！」

　未来は叫んだ。

「今帰った方は損害賠償の割合が高くなりますのでご注意ください。悪意が認められますから」

　治験者たちの怒りが爆発した。

　ほぼ全員がパイプ椅子を蹴り、未来に向かって突進してきた。

　突進してきた治験者同士がもみくちゃになっているところを、未来は身を屈めて足元から這い出た。

ちょうど、扉が閉じるところが見えた。

未来はぶつかり合う治験者たちを後目に、大部屋からそっと退出した。

廊下の先で、角を曲がる足が見えた。未来はすかさず追いかけた。

廊下の突き当りはトイレだった。未来は静かに男性トイレに入った。

トイレは個室が一つだけ閉じていた。未来は耳を澄ませた。

さっき聞いた低い声が、焦りで甲高くなっていた。

「おい大変なことになった。特許侵害の共犯にされちまった。どうしてくれるんだ。様子を見て逐次報告するだけだって聞いたから話に乗ったんだ。何がリスクのない報告役だ。話が全く違う。俺は降りるぞ」

未来は隣の個室に入り、洋式便器の便座の蓋の上に立った。

個室の壁と天井の隙間から、喋っている男を覗いた。

治験のプロと目が合った。

未来は叫んだ。

「確保！」

どたどたどたと、男子トイレに松岡と松岡製薬の社員が三人、雪崩れ込んだ。

電話を耳に当てたまま、治験のプロはあたふたしている。

すぐに、病院の看護師が鍵を持ってやってきた。トイレは外側から開けられるようになっているらしい。

個室のドアが開いた。治験のプロは力なく便座に腰を下ろした。スマホが手からぽとりと落ちた。

未来は訊ねた。

「詐欺集団の構成員ね」

未来はスマホを摘み上げた。

そのとき、トイレにボロボロになった新堂がやってきた。

「揉みくちゃにされて死ぬかと思いました。未来さんのせいですよ、いきなりみんな有罪だなんて」

未来はスマホを投げ渡した。新堂は咄嗟にキャッチした。

「新堂、それのロック、解除できる？」

新堂は即答した。

「できますけど」

松岡は、状況を全く理解できない様子で訊ねた。

「大鳳先生、これはいったい」

　未来は咳払いをした。

「最近流行っている、新手の知財詐欺です。警察から弁理士会にも連絡が届いています。どっちかというと、振り込め詐欺とか詐欺メールの類ですが」

　松岡は頷いた。

「詐欺だったのですか」

「やり口はこうです。治験を行う製薬企業の情報を得たら、特許権者のふりをしてメールを送る。あなた方が開発中の医薬品は我々の特許を侵害している可能性があります。今であれば安いライセンス料の支払いで許可するが、支払わずに治験を進めたら大きな額での損害賠償請求を行いますよ、と」

　新堂が怪訝な表情をした。

「そんなメールが届いたら驚きはするでしょうけど、実際に支払うかどうかは別ですよね。ほんとに支払う人がいるんですか」

「これが治験を行う朝を狙って送られてくるの。本当に侵害かどうかも確かめる時間もなく。治験にいくらかかるか知ってる？　準備だけでも数千万円。もし治験中止となったら今までの準備費用は全て損失になる。その上で、詐欺集団の提示するライセンス料なんて、これなら確かめるよりとっとと支払ったほうがいいかなと思えるような少ない額なの」

松岡が訊ねた。

「特許侵害とはでたらめですか」

「それっぽいだけで適当のはずです。とはいえ、治験の日の朝では、確かめる時間はありませんよね。どの特許成分もかすってもいないはずよ。それっぽい特許を適当にぶつけてきているだけでしょうから」

「リトアニアの大学は無関係ですか？」

「何も知らないはずです。電話なりメールなりで確認すれば、すぐに詐欺だと判明するでしょう。しかしリトアニアとの時差はマイナス六時間。ぎりぎりまだ誰も目覚めていないでしょうね」

松岡が続けて質問する。

「詐欺グループは、どうやって治験があるかどうかを知ったんですか」

「候補の目星はついていました。治験の斡旋会社です」

新堂が納得して頷く。

「たしかに、治験の斡旋会社であれば、治験の情報はいくらでも手に入る」

松岡が訊ねた。

「しかし、なぜ治験者の中に詐欺グループの一味が紛れ込んでいると思ったのですか」

「メールを無視されたときの保険です。例えば、治験の状況を事細かに記録しておけば、追いメールができるでしょう？　警告を無視して実施したな、とか。いずれにせよ、詐欺集団は現場の情報を知りたがっていたはずです」

「詐欺集団も研究熱心でないと生きていけない、ということでしょうか」

未来は個室で項垂れる治験のプロを見つめた。

「その報告役があなただったのね」

治験のプロは項垂れたまま未来に訊ねた。

「どうして俺が詐欺グループの一味だとわかった」

「最初からわかっていたわけではないわ。あくまで、詐欺グループのメンバーが治験者に紛れているであろうとの予測があっただけ。メンバーを特定するために芝居を打ったの」

松岡が驚いて訊ねた。

「もし、メンバーが治験者の中にいなかったらどうするつもりだったのですか」

「いる可能性は高いと思いました。正確には、この人がかなり怪しかったので」

新堂が訊ねた。

「なぜ怪しいと」

未来は治験のプロを見やった。

「年齢よ。一人だけ、明らかに見た目の年齢が高かった。きっと、三十代後半でしょう。そろそろ、治験者の条件に当てはまらなくなると思ったの」

治験のプロは自棄(やけ)気味に笑った。

「その通りだ。俺は今年で四十になる。大学を卒業して以来ずっと治験一筋で生きてきたが、もう潮時だ。条件の合う治験がほぼなくなる」

未来は、大部屋で拾った治験説明書の内容を思い出した。

「治験者の条件の多くが、健康で若い成人男性、ですからね。具体的には、三十代までが限度でしょう」

新堂が納得できないといった表情で訊ねた。

「他の仕事を探せばいいだけでしょう。たしかに治験は楽して稼げますけど」

「俺はな、他の仕事をしたことがねえんだ。いや、そもそも仕事をしたことがない。治験は仕事じゃねえ。ずっと治験だけで生きてきた俺が、今更まともに働くなんてできやしねえ」

未来は治験のプロを憐(あわ)れんだ。

「詐欺グループも、あなたの状況を知った上で協力を持ち掛けたんでしょうね。前途ある若い治験者に話を持ちかけても、断られる可能性は高い。でも、あなたなら失うものは少ない。受けられる治験が減って焦るあなたなら協力するだろう、と」

松岡が治験のプロに訊ねる。

「ひょっとして、詐欺の黒幕は、あなたに治験を斡旋した斡旋会社ですか」

「知らねえな。黒幕かもしれねえし、まだ背後に何人もいるのかもしれねえ。末端の俺に知らされるはずがねえ。だが、俺に話を持ち掛けた斡旋会社だったら、今頃とっくにとんずらこいているだろうさ。あの会社はもともと治験以外の危ねえ仕事も斡旋していたからな」

未来は治験のプロに訊ねた。

「できれば、黒幕探しにご協力いただけると、警察も知財業界も助かるのだけれど。今のところあなたが一番主犯格に近いし」

治験のプロは驚いた後、苦笑した。

「誰が協力なんてするか」

未来は大部屋の方向を指さした。

「警察が到着するまで、治験者たちの中に放り込んでおこうかしら。皆、空腹で殺気立っているわ。あなたが詐欺グループの一味だって知ったら皆どう思うかしら。危うく特許侵害犯にさせられるところだったのよ」

目を泳がせる治験のプロに、未来は微笑(ほほえ)んで告げた。

「最後に一つ教えてあげます。かりに今回の治験薬が特許成分を含んでいたとしても、特許侵害にはなりません。ジェネリックであってもなくても、治験で使うだけなら特許侵害にはならないんです。知らなくても仕方ありませんけどね。治験のプロでも、特許のプロではないでしょうから」

松岡が未来に訊ねた。

「おかげで治験は開始できそうです。詐欺グループのメンバーも捕まえられました。ありがとうございます。ところで、治験者にはさっきの方便は何と説明すればいいでしょうか」

そこまでは考えていなかった。未来は正直に考えを伝えた。

「私がきちんと事実を伝えて謝ります。その上で、詐欺グループのメンバー逮捕にご協力いただいた、という建前にして弁理士会にも伝えます。ひょっとしたら、お礼の金一封でも出してくれるかもしれないので」

松岡が首を傾(かし)げた。

「全員分ですか？　詐欺メンバーを除いた治験者は三十九人いますけど」

急に頭が痛くなった。弁理士会をどう説得するか考えつつ、未来は誠意をもって答えた。

「頑張ります」

治験者たちにひたすら頭を下げ、文句と区別のつかない質問に全て答え、その他いろいろ片づけ終えた後、未来は品川協生病院を後にした。

どっと疲れが出た。思わず声が漏れる。

「今回はただの特許詐欺だったからよかったけど、本物の医薬特許の仕事は、できればやりたくないなぁ。人の命が懸かっているわけだし」

いっそ、ミスルトウの経営指針から医薬特許に関する仕事は除外しようか。

そんなことを考えていた次の日だった。創薬ベンチャー企業《フラーリン》からの警告書対応依頼が届いたのは。

第一章 ▼

（家族性若年型アミロイドーシス）

1

『タンパク質は、人間の体の筋肉や臓器などを構成する重要な要素です。

細長い形をしたタンパク質は、きちんと折りたたまれることでその機能を発揮します。この折りたたみを「フォールディング」といいます。

もし、体内で生成されたタンパク質がきちんと折りたたまれていない場合、そのタンパク質は正常に機能せず、体内にゴミとして溜まっていきます。排泄はされません。

このゴミは、病気の原因となります。

家族性若年型アミロイドーシス、通称ＦＪＡＰと呼ばれる遺伝性の病気は、小児の体にタンパク質のゴミが急速に溜まり続ける難病です。

ＦＪＡＰの症状は多岐にわたります。繰り返す悪心や嘔吐などの消化器の症状、たちくらみやめまいなどの自律神経症状のほか、目の病気、不整脈などの心臓の病気に、しびれや疼痛などの神経系の症状など、あらゆる症状が発生します。

有効な治療法はなく、選択肢は早期の生体肝移植のみ、それも病気が進行する前に限られました。ＦＪＡＰと診断された子供は、平均で十五年しか生きられなかったのです。

――そう、特効薬『プロリュード』が製造されるまでは』

ＦＪＡＰの説明動画が流れた後、映像はスタジオに戻った。

スタジオには女性の司会者と、男性がテーブルの前に座っている。

司会者はドキュメンタリー番組『ディープ・ダウン現代』のメインキャスターだ。

取り扱うテーマは社会であろうと科学であろうと選ばない。

ゲストの男性は、創薬ベンチャー、フラーリンの社長の國広一心（くにひろいっしん）だ。年齢は三十五歳で、Ｔシャツにジャケット姿で飄々（ひょうひょう）としている雰囲気だが、時々目つきが鋭くなる。

カメラが引き、スタジオを斜め上から撮ったところで、司会者をアップで撮影するカメラに切り替わった。

「ＦＪＡＰ患者から奇跡の薬と呼ばれる、新薬プロリュード。本日は、プロリュードを開発した、創薬ベンチャー、フラーリンの社長、國広一心さんにお越しいただいています」

國広は、テーブルに頭が付くくらいに深く頭を下げた。髪がはらっと下がり、テーブルに触れた。

「さて、フラーリンは、もともとサプリメントを開発されていたとお聞きしています。

サプリメントから創薬に参入したきっかけは何だったのでしょうか。サプリメントの研究開発の応用でしょうか」

國広は一瞬だけ間を置き、覚悟した表情で答えた。

「当時私は大学に在学しながらフラーリンを創業しました。当時のフラーリンは、個人の遺伝子検査ベースのカスタマイズ・サプリメントを販売していた会社でした。サプリは人気を博し、次の研究開発のための余力と会社規模を少し広げることができました」

「社員は何人いらっしゃるのですか」

「四十人です。製薬会社の基準で考えれば、少ないでしょうね」

「少数精鋭ですね。そして、サプリメントの次に医薬を開発なさったわけですが、どのような心境の変化があったのでしょうか。サプリメントと医薬は似て全く非なるものと思うのですが」

「ＦＪＡＰ治療中の妻と出会ったんです」

「後に奥様となった方は、ＦＪＡＰを患っていたのですね」

國広はゆっくりと頷く。

「プロリュードは妻のために開発していたようなものでした」

司会は、國広の妻についてはそれ以上触れようとせず、番組を進行させた。

「このプロリュードは、FJAPという魔物に対する銀の弾丸（シルバーブレット）として重宝されています。フラーリンの研究開発力は製薬業界が注目しているところです。フラーリンは、今まで各製薬会社が開発を成し得なかった治療薬を、初めての創薬で成功させたわけですが、プロリュードの開発に成功した主な要因は何とお考えでしょうか」

國広は真顔で答えた。

「正確に表現するのであれば、運というべきでしょう」

司会は「そういうのはいいんだけど」と喉まで出かかっている表情で促した。

「本当のところはどうなのでしょうか」

國広の表情は硬いままだ。

「謙遜（けんそん）などではなく事実です。創薬の世界では一般的なのですが、薬が当初のコンセプトのまま発売されることはまずありません」

司会は意外そうに「そうなのですか」と返す。

「例を挙げるとするなら……知名度の高い薬がいいでしょうか。シルデナフィルでしょう。シルデナフィルはもともと狭心症の治療薬として開発されましたが、臨床試験の結果は芳しくなかった。しかし副作用が注目されました。男性機能不全の改善効果の効能です。シルデナフィルはのちにバイアグラとして販売されます」

「プロリュードも、もともと別の研究から生まれたのですか」

「サプリメントの研究で得られた知見です。もともとはサプリメントの薬効成分を体の隅々にまでいかに効率よく届けるかの技術でした。プロリュードは新薬ではあるのですが、実は最も工夫をしたのは成分自体ではなく、薬成分を包む被覆物質の工夫が肝なんです」

司会は手元のパネルを素早く捲った。

「今ご説明いただいた薬の特徴は、製薬業界でドラッグ・デリバリー・システムと呼ばれ、現在の創薬は薬の成分の開発だけでなく、薬を体内にどう届けるかを工夫する技術の開発も盛んになっています。これはどんな潮流なのでしょうか」

「創薬にかかるコストは、年々増加しています。現在、新薬開発にかかるコストは三十年前に比べ、十倍以上に増加しています。しかし新薬から得られる利益は減少傾向にあります」

司会が即座に答える。

「イールームの法則、と呼ばれるものですね」

國広は頷く。

「利益が薄くなってきた以上、製薬業界は『割に合う』新薬開発をするようになりました。その一つがデリバリー・システムです。例えば、モルヒネ塩酸塩という薬があります。これは各種がんの疼痛を和らげる薬です」

「いわゆる、痛み止めのモルヒネ、ですね」

「モルヒネ塩酸塩自体は昔からある薬です。ジェネリックもあります。しかしこれは一日三回、ずっと飲み続けなければなりません。がんによる痛みは耐えにくいものですから。しかし薬といえども頻繁に飲む必要があるというのは不便です」

「飲み忘れなどもありますよね」

「そこで他社さんから、モルヒネ自体ではなく、モルヒネを包む糖衣に工夫をした薬が発売されました」

「どのような工夫でしょうか」

「体内で少しずつ溶けるのです。薬が二層になっており、体内に入るとまず表面の溶けやすい層がさっと溶け、すぐに痛み止めの効果を生じさせます。薬の二層目は溶けにくい糖衣でできており、一気に溶けません。少しずつ溶けるため、痛み止めの成分が体内で長時間放出され続けます」

「長時間効くということは、薬を飲む回数を減らせるのですか」

「一日三回から一回に減らせます。これは特にお年寄りの患者さんにとって評判がよいそうで、ヒット商品だと聞いています。ポイントは、成分の開発だけでなく、成分効果を最大限に引き出すためのアイデアも同じくらい重要ということです。それがデリバリー・システムの考え方です」

「ここで製薬業界における大手製薬会社の動向を見たいと思います」

司会は手元のパネルを起こした。

「大手製薬会社《フィンネル》はデリバリー・システム研究のための研究所を設立しました。《田村製薬》は、デリバリー・システムではありませんが、ジェネリックの開発を今後五年で二倍に増やすと発表しています。《アンジェリカ・上杉》社も、既存薬にデリバリー・システムの工夫したものを発売すると発表しています。國広さんは、これをどう見るでしょうか」

「大手製薬会社が、通常の創薬は割に合わないと判断している証拠です。同時にデリバリー・システムの可能性も認めています。新薬開発を支える新たなマーケットとしての可能性を」

「フラーリンのように、新成分の開発に匹敵するデリバリー・システムが開発されることは今後も増えていくということでしょうか」

「プロリュードのデリバリー・システムは、問題解決に必須でした。ＦＪＡＰの治療は、体内の隅々に溜まったタンパク質のカスをいかに取り除くかがカギでした。実は、カスを溶かすこと自体は難しくはないんです。問題は、その溶かす成分をどうやってカスの近くまで届けるかでした」

「デリバリー・システム自体が、ＦＪＡＰ治療薬の最後の壁だったと」

「カスを溶かす成分は、体内に吸収されやすいのです。何も工夫をしない場合、成分が血液の流れに乗って患部に届くまでに、体に吸収されてしまいました。これを防ぐため、成分を包む構造に工夫をする必要がありました」

「お話を聞く限り、大変な工夫だったと思いますが、どうやって実現したのでしょうか」

しばらく躊躇った後、國広は、静かに答えた。

「この工夫は、フラーリンだけではなし得なかったものです。開発には《篠原製薬》の篠原社長のご尽力がありました」

「ここで篠原製薬の名が登場しました。プロリュードの製造には篠原製薬の協力が欠かせなかったと聞いています。國広さん、篠原製薬についてお教えいただけますか」

「フラーリンは自社工場を持たないメーカーです。プロリュードに限らずの話ですが、薬は実験室で作る方法と、大量生産する方法は異なります。我々は実験室で薬を作る方法は見出したのですが、大量生産する方法を開発できませんでした」

「実験室で作る方法では問題があるのですか」

「製造時間とコストがかかり過ぎるのです。理由は、プロリュードの薬効成分をちょうどよい大きさの塊にすることが難しいためです。実験室では一回分の生成に二週間と五万六千二百円かかりました。品質も安定せず、量産して売り出すには難しい状態でした」

「つまり、フラーリンは二つの技術を開発する必要があったわけですね。プロリュードを製造する方法と、それを安価に大量生産する方法」

「おっしゃる通りです。技術力のある製造委託先を探し、何社か打診をしたところで、お応えいただけたのが篠原製薬さんです」

「篠原製薬一社だけだった？」

「だけでした。詳しいお話は企業秘密のためできませんが、量産方法や薬の保存方法、また流通についても、篠原製薬さんにかなりの部分をお任せしました」

「自社の弱い部分を冷静に分析されて、その上で弱点を補強してくれる協力者を見つけた、ということでしょうか」

「苦手なことは、できる方を探すべきだと思っています」

「さて、時間となりました。現在、日本のＦＪＡＰに罹患されている方は七百人から千人はいるとされており、プロリュードは多くの患者に広く行き届いています。國広さん、最後に一言いただけますか」

「家族のためという自分勝手な願いから始まった薬作りでした。妻だけではなく、私の十二歳になる息子もＦＪＡＰに罹患しています。妻は助けられなかったが、息子は助けたい。そんな気持ちで作った薬ですが、もし私と同じようにご家族に患っている方がいるのであれば、ぜひお使いいただきたいです」

「國広さん、本日はありがとうございました。それでは」

カメラが引いていき、カットの声がかかった。

未来は、渋谷にあるテレビ局の関係者控室にいた。控室にはモニターが設置されており、スタジオのカメラが撮影している映像をリアルタイムで見ることができた。

未来は、モニターで撮影の様子を見つつ、クライアントである國広の撮影が終わるまで待っていた。

控室のドアがノックされた。未来は椅子から立ち、ドアを開けた。

國広の姿があった。撮影を終えたばかりのせいか、國広の顔には疲れが見えた。

國広は頭を下げた。

「大鳳先生、お待たせして申し訳ありません。まさかテレビ局で撮影が終わるまで待っていただけるとは思ってもいませんでした」

未来も頭を下げた。

「お迎えにあがりました。フラーリン本社にいったん戻って改めて顔合わせをするより、ここで落ち合ったほうが早いですから」

「この番組の出演はキャンセルすることができなかったんです。本来なら、撮影どころではないのですが」

「『ディープ・ダウン現代』のような有名番組の出演でしたら、誰もキャンセルはできないでしょう。何があっても出演なさる方がほとんどかと」

國広は乾いた笑みを浮かべた。

「特許侵害の警告書が一度に三通届いても、ですかね。それもフラーリンに直接ではなく、警告書がパートナー企業の篠原製薬に届き、激怒した篠原社長に呼び出されていたとしても、ですかね」

未来は即答した。話の間が少しでもあれば、クライアントは余計に不安になるだろう。

「まだ何も判断はできません。本当に特許侵害なのかも含めてです。まずは静岡の篠原製薬の本社に向かい、直接話し合って確認しましょう。ここ渋谷から静岡まで車で約二時間半です。この後すぐ向かえますか。撮影が終わればもう出てよいとテレビ局側には確認済みです」

國広はジャケットの襟を正した。表情には精神的な疲れが見える。

「問題ありません。行きましょう」

「篠原社長とは主に私が話をします。篠原社長は感情的になっているはずです。本来ならフラーリンに届くはずの警告書が篠原製薬に届いたわけですから。どんな話になるかは、車の中で移動しながらご説明します。だいたい予想が付きますので」

スマホで時刻を確認する。午前十時を回ったところだ。今から出れば、午後一時からの篠原製薬との話し合いには間に合う。

國広は未来に向かって、改めて頭を深く下げた。

「フラーリンを救ってください」

異常事態だった。

警告書が三通同時に、それも別々の特許権者から届くなど、前例がなかった。

未来には、ただの特許侵害事件とは考えられなかった。

明らかに、裏に何かある。

2

篠原製薬は社員数四百名の中堅の製薬会社だ。本社は静岡県富士宮市にある。主な事業内容は医薬品の受諾製造で、富士宮市内に二つの製薬工場と研究開発施設を一つ有している。

國広によれば「製剤技術に関してはピカイチ」らしい。

フラーリンの社用車に乗って二時間半後、未来と國広は篠原製薬本社の会議室にいた。

未来と國広を取り囲むように、篠原製薬のロゴの入ったクリーム色のジャンパーを着ている社員たちが座っている。総勢九名だった。役員総出といったところか。

包囲網の真ん中にいるのが、篠原製薬社長、篠原健一だった。

篠原はがっしりとした体格の男だ。年齢は五十代前半だろうか、胡麻塩頭で、肌は陽に焼けている。

篠原は苛立ちを隠さず腕を組み、眉間に皺を寄せている。他の出席者も似たような態度だった。

未来は、今回のフラーリンからの依頼と、その経緯について法的な説明を始めた。

「状況を整理します。昨日、篠原製薬に製薬企業三社から特許権侵害の警告書が同時に届きました。侵害被疑品は、プロリュード。三社の要求はいずれもプロリュードの製造と販売の中止、及び侵害により発生した損害の賠償です」

言葉にすればするほどおかしいと思える状況だった。

疑念を抱えたまま、未来はプロジェクタに警告書を投影した。

警告書の送り主、つまり特許権者を確認する。

《フィンネル》

《田村製薬》

《アンジェリカ・上杉》

皮肉にも、國広が出演したテレビ番組でも出てきた大手製薬会社の名前だった。

スクリーンに浮かんだ社名を、出席者たちはまるで神聖な壁画でも前にしたような表情で見つめている。

未来はそれぞれが保有する特許の概要を説明した。

「まずフィンネルの特許ですが、薬を粉にした場合の一粒の大きさを一定以内に収める製法についてのものです。田村製薬の特許は、薬の粉粒の大きさについての特許です。アンジェリカの特許も物質特許ですが、薬の粒を積み重ねた構造について取得した特許です」

一人が、静かに声を上げた。

「そもそもなぜうちに警告書が届く。我々は製造販売の委託事業者で、プロリュードはフラーリンから委託を受けて作って売っているに過ぎない。篠原製薬が製造販売している製品だとしても、実質フラーリンが製造販売しているのと同義ではないのか」

未来はすぐに答えた。

「本当にプロリュードが侵害品だった場合の話ですが、法律上は篠原製薬に責任が発生します。プロリュードの製造は篠原製薬の工場内で行われていますし、販売も篠原製薬の流通経路で行われています。特許権者の警告先は、法的には正しいことになります」

すぐに文句に近い質問が挙がった。

「じゃあフラーリンは責任を問われないのか」

未来は真実を答える以外になかった。

「特許法上は、何も」

篠原製薬の出席者たちが騒めき始めた。

「そんなわけがないだろう。委託契約書では、プロリュードに関する知的財産権の問題は全てフラーリンが責を負うとあるぞ」

順を追って説明すると途中で必ず文句が付けられるとわかっていた。

未来は書類を読み上げるつもりで淡々と答えた。

「御社とフラーリンが結んだ製造委託契約の内容は確認しています。契約によれば、篠原製薬がプロリュードについて特許侵害問題が発生した場合、その対応責任はフラーリンにあります。同時に、篠原製薬に発生した損失は、全てフラーリンが補償する責任があります」

國広が目を瞑った。

社員の一人が頷いた。

「当たり前だ。我々が提供しているのは工場だけだ。何をどう作るかは全てフラーリンの國広社長の指示に従っている。我々は単なる手足みたいなものだ」

もっとも、この条項が実際に機能したのは今回が初めてのようだ。篠原製薬側の慌てぶりを見る限り。

不意に、篠原が口を開いた。

「我々はプロリュードの製造ラインを止めるつもりでいます」

國広は驚き、すぐに反応した。

「待ってください！　FJAP患者の薬はどうなるのですか」

篠原は険しい表情で答えた。

「特許侵害問題が解決するまで、篠原製薬としては製造を休止せざるを得ません」

未来はすぐに割り込んだ。

「休止までは条項に含まれていません。契約では、特許問題が発生したときは話し合いで解決するとのみ書かれていますから」

「そんなのんきなことを言っている場合ではありません。実際に警告書が届いたのは我々篠原製薬です。フラーリンは、我々が傷を受けたら治療をしてくれるのでしょうが、我々はそもそも傷自体を受けたくないのです。それは当然でしょう」

未来は淡々と事実だけ述べた。

「本当に侵害かどうかの確認もできていません。フラーリン側としては至急、特許とプロリュードの調査を行います」

篠原は苦い表情のまま、掌で胡麻塩頭をさすった。

「それは当然としても、特許侵害の疑いのある製品を作り続けるわけにはいきませんよ」

國広が縋るような目で未来を見つめた。

未来は選択を迫られた。

普段であれば回答は決まっている。篠原の言う通り中止一択だ。

しかし、いつもならするっと出てくるはずのセリフが、喉元でピンボールのように飛び跳ねて出てこない。

未来は別の回答を咄嗟に絞り出した。

「もし中止したとしても、プロリュードのストックはありますよね」

未来の質問に、篠原は冷ややかな表情をして黙っただけだった。

國広が代わりに応える。

「ストックはないはずです。篠原製薬は毎日必要な分のみ最低限製造することで、在庫を減らしコストを下げています。おまけにプロリュードの消費期限は三週間と短い。ストックは現実的に難しいはずです」

トヨタ生産方式だ。薬でさえジャスト・イン・タイムで製造しているとは未来も想像していなかった。

想定外の状況に戸惑っていると、篠原が國広に訊ねた。

「結局、どうしますか。こちらは本日中に製造ラインを停止させるつもりです」

國広は迷いなく断じた。

「製造は続けてください。卸への納品も続けてください」

社員の一人が反論した。

「特許侵害に加担しろというのか」

國広に譲る気配はなかった。

「患者を見捨てろっていうんですか」

篠原は國広を睨んだ。

「そちらの先生のおっしゃる通り、損害賠償になったらどうするのですか」

「発生した損害は全てフラーリンが補償します。もともとそういう契約でしたから」

篠原は険しい表情で淡々と答えた。

「國広さんね、そんな単純な話で終わるはずがないでしょう。もしこの問題が訴訟に発展し、我々の工場設備全体が裁判所から強制的に差し止めを受けたらどうするのですか。我々のクライアントはフラーリンだけではない。プロリュード以外の委託製造も滞ります。懸念はそれだけではありません。例えば、工場にはいろいろ保険をかけているが、保険会社が特許リスクを理由に保障を取り下げるかもしれない。銀行が資金融資を渋るかもしれない。考えれば切りがない。そこまで含めて國広さん、本当にあなたがリスクを請け負うというのですか」

國広は口を開けたまま、言葉に詰まった。

篠原が未来に視線を向けた。

「そちらの先生にお訊ねします。正直に教えていただきたいのですが、勝算はどれくらいですか」

「事実関係をきちんと調査するまで何も言えません。まずは本当に侵害かどうかの確認をします。その上で、侵害だったら侵害で対策を立てるだけです」

國広は立ち上がり、篠原に頭を下げた。

「篠原さん、お願いします。プロリュードの生産は続けてください。プロリュードは投薬を続けなければならない薬です。投薬間隔を十二日以上空けると、治まっていた症状が即座に再発することがわかっています。患者は薬を切らせてはならないんです」

篠原は社員たちの表情を眺め、黙った。何か思慮している様子だ。

未来には、篠原の顔が、経営者からまただんだんと薬を作る人に戻っていったように見えた。

篠原は苦しみながら呟いた。

「そちらの事情も当然知っています。光太君のことも。しかし私だって、社員たちを路頭に迷わせるわけにはいかないのですよ」

光太と聞いて、未来は國広に子供がいることを思い出した。FJAPに罹患している、國広の一人息子だ。

國広のいう「患者」には、自分の息子も含まれている。

みんな自分の大事なものを天秤にかけている。

未来は、常に自分だけは冷静でありたいと思っていた。特許紛争が発生したとき、当事者が冷静でいられないのは当然だ。当事者は感情的になり、非合理的な判断をするようになる。

だから代理人である自分は冷静でなければならない。冷徹に状況を判断し、クライアントに的確な提案をする。そんな役割が自分だ。

そんな自分が最近考えていたことってなんだったか。たしか「本物の医薬特許の仕事は、できればやりたくないなぁ。人の命が懸かっているわけだし」だ。

何が代理人だ。ただの酷い奴じゃないか。

気が付いたら、未来は無意識のうちに言葉を口にしていた。

「つまり十二日間なら、患者さんは薬なしでも大丈夫ということですね」

國広が、戸惑いながら答えた。

「臨床試験の結果から判った期間です。プロリュードの投薬を中止した被験者は、最短十三日で症状が再発しました。しかし逆に言うなら、十二日間なら症状は治まったままです」

皆の視線が自分に集中している。

未来は自分が何を口走ったかを自覚した。私は何を言っているのか。しかし、出てしまった言葉はなかったことにできない。

未来は、たぶん続きはこうであろうと思うセリフを答えた。

「だったら、少なくとも特許問題については十二日以内に解決できればよいということですね。その間、プロリュードの製造を止め、問題解決の見込みが立ち次第、すぐに製造を再開すればいいでしょう。篠原社長、プロリュードの製造から医療機関への輸送まで、何日かかりますか」

篠原が答えた。

「品質検査まで含めて四日です。輸送は、空輸すれば即日で届けられます」

四日もかかるのか。呻き声が出そうだったが、未来は耐えた。

「であれば、一週間程度で解決の見込みを立てます。立った時点でご連絡しますので、製造と品質検査を再開してください」

篠原は疑義と懸念の混ざった表情で國広に訊ねた。

「そちらの先生はこうおっしゃっているが」

國広は何か言おうとしていたが、未来は遮って即答した。

「警告書の応答期限は二週間です。通常、受け取った日はゼロ日目とするので、今日から二週間。残りは十四日。十四日も十二日も一週間も同じようなものです。だったら止めましょう、製造ライン」

國広が血相を変えて何か言おうとしていたが、再度未来は遮って答えた。

「ただし、いつでも製造再開できるよう、準備はしておいてください」

社員たちは怪訝な表情をしていた。

國広がようやく答える。

「大鳳先生、いいのですか」

未来は心臓の鼓動が早くなっていることを自覚しつつ、頷いた。

「でなければ、ここに私がいる意味はありませんので」

篠原は國広に念を押した。

「本日よりプロリュードの製造ラインを停止します。本日をゼロ日目とし、フラーリン社より連絡あるまで停止します。本日製造分は途中廃棄。ただし製造ラインは、警告書問題が解決され次第すぐに稼働再開できるようにしておきます。いいですね、國広さん」

國広は意を決した様子で頷いた。

「お願いします」

カウントダウンが始まった。

十二日間で、プロリュードの特許問題に決着をつけなくては。

3

篠原製薬との話し合いを終えた未来と國広は、即座にフラーリン本社へ向かった。

フラーリンの本社は神奈川の川崎、多摩川スカイブリッジの近くにある。この地区は医療系企業の研究所が多く、フラーリンもその一角に本社兼研究所を構えていた。

未来のいる三階は会議スペースの並ぶフロアで、外側の壁はガラス張りだ。日中であれば太陽光が射して明るいだろうが、夕方となり夕陽が差し込む今では少し寂しい気分になる。

未来は会議スペースの一つにいた。会議スペースはパーティションが低く、社員同士でちょっとしたミーティングをしたいときに使われるようなものだった。

未来は自分のPCで、パートナー弁護士の姚愁林とテレビ会議をしていた。

フラーリンの依頼事項と今日あった出来事を、未来は姚に説明した。

説明を聞き終えた姚は、念を押すように訊ねた。

『引き受けるんだな』

姚の質問は、単に決心を確認するものだと感じた。未来の、いやミスルトウの答えは変わらない。

「ミスルトウがクライアントの依頼を断ることはないわ」

『いろいろ不思議な点のあるケースだが』

姚は手を口元に当てて少し考え込んだ。

『自明なのは、警告書の送り主は全て名だたる一部上場企業だ。侵害についてかなりの確信があるから警告書の送付に踏み切ったと考えるべきだ』

未来は自身も気にしていた点をつかれた。

「言われなくたってわかってる」

モニター越しに姚と目が合った。

『未来にしては表情が暗いな。確かに医薬特許の事件は初めてだし、扱われる額も違う。日本の特許訴訟の場合、例えば電気製品の特許訴訟の賠償額は数百万円から数千万円の間に収まるが、医薬特許になると、二桁ほど上がって最大数十億円になる』

姚の言葉を聞き、未来は不安が顔に出ていたことに驚いた。

未来は否定するために答えた。

「問題は額の話じゃないのよ」

姚はさらりと答えた。

『人命が懸かるからか』

ときどきだが、姚は人の心が読めるのではと思う時がある。

「そうよ。人の命が懸かっている事件は初めて」

姚は納得したとばかりに頷いた。

『基本的に、特許権侵害事件は金持ち同士のケンカだ。民事ではあるが、個人同士で財産を奪い合い、露骨に憎み合うような争いではない。その点では、私たちの仕事は実は気楽なものだ』

「今回ばかりは違う」

『直接手伝ってやれずにすまない』

姚に愚痴を言っても仕方がなかった。未来は話題を変えた。

「いいの。あんたはあんたで大きい案件を抱えているんだから。ミュンヘンはどう？ドイツはいま朝よね。日本は午後五時だけど」

『昨晩だけで短い停電が二回あった。ホテルの部屋が真っ暗になるのはいいが、その後に時計が狂うのだけは許せない。ドイツ人との打ち合わせに遅刻なんぞしようものなら殺されても文句は言えないからな』

「あんたのドイツに対する歪んだイメージについては言及しないとして、停電が多いのは再生可能エネルギーを多用する国だからよ。で、《凹凸印刷》の作ったデジタル印刷機はどうだったの。ドイツ現地の印刷機メーカー、《コーニック》の特許を本当に侵害していたの」

『限りなく黒だ。いっしょに来ている凹凸印刷の知的財産部員も驚いている』

「驚いているって、凹凸印刷が自分で製造した印刷機でしょう」

『話がややこしいんだ。どうも凹凸側は自社製品がコーニックのドイツ特許を侵害していると知っていたらしい。面付け機能の一つがコーニック特許技術と似ていた』

「ドイツに出荷する分の印刷機は、その機能を削除して出荷したって聞いたけど」

『実際には削除されていなかった。正確には、凹凸印刷の関係者やカスタマー・エンジニアだけが知っている隠しパスワードを入力すれば問題機能をオンオフできる状態になっていた。出荷時はきちんとオフになっていたが、どうやら凹凸印刷のドイツ現地営業部隊が、機能をオンにして売ったらしい』

「営業部隊が勝手にオンにしちゃったのか。きっと、売り込む際に『こんな機能もありますよ』とかうっかり口を滑らせたんでしょ、本当は使っちゃいけない機能なのに」

『その可能性が九十九パーセントだ。さっきまでやっていた打ち合わせでも、凹凸印刷の現地営業マンと知的財産部員が言い争っていた。現地の営業マンたちは『問題機能は最初からオン状態で輸入されていた』と言い張っていたが』

「実際には？」

『ログが残っていた。現地営業マンが勝手にオンにした形跡があった』

「まずいわね。ドイツはとにかく特許が強い国よ。特許侵害訴訟になったら、ほぼ確実に特許権者が勝つ。むしろ、私が手伝ってあげられなくてごめん」

『気にするな。むしろ逆だ。印刷機が停止したところで人が死ぬことはないだろうが、薬の製造が止まればそうではないだろうから』

「ドイツの真っ暗な印刷工場の中で印刷機をいじっているほうが気は楽だったわ」

姚も姚で困難な案件を抱えている。もし早く片付いたら、助けてもらおうと思っていたが、どうも難しいらしい。

いつも通り、一人でやるしかないか。

姚が打ち合わせの時間だと言って通話を終えた。

『そっちは頼んだ』

「あんたもね」

ＰＣのテレビ会議アプリを切ると、國広がやってきた。

「おまたせしました」

國広は、白衣姿の男を一人連れていた。年齢は三十代半ばくらいか。黒縁の眼鏡(めがね)をかけた髭面(ひげづら)で、髪はぼさぼさだ。

男が会議スペースを指さす。

「國広、ここで大丈夫なのか」

「今なら誰もいないからな」

返事をする國広の顔には疲労の色が見える。静岡から往復した直後だから当然ではあるが。

國広は男を紹介した。

「弊社メディカル・ドクターの黒崎恭司です。プロリュードの臨床開発の一部から安全性評価、市販後調査までの責任者です」

メディカル・ドクターとは、製薬会社に勤める医師のことだ。主に、新薬開発における治験を担当する。

新薬は開発してもすぐに市販することはできない。安全であることを示すデータを採り、厚生労働省に申請し、薬機法上の承認を得る必要がある。

その安全であることを示すデータとは、要するに実際に人間に使った時にどうなったかの情報だ。このデータ採取を治験という。

治験の際には医師が必要となる。薬なのか毒なのか、それとも何の効き目もないのか、まだ不明な物質を治験者の体に放り込むからだ。また放り込んだ結果も、専門家でなければ判断できない。

その医師がメディカル・ドクターだ。フラーリンでは、黒崎がその責任者ということになる。

未来は立ち上がり、黒崎に一礼をした。

未来は自己紹介をしようとしたが、黒崎は無視して國広に訊ねた。

「プロリュードの製造を止めたんだな」

「止めたよ。十二日間だけ。フラーリンだけでコントロールはできなかった」

黒崎は、短く何度も頷いた。

「わかった。で、どうなんだ」

急に、黒崎の目が未来を見た。

未来は一瞬だけ気圧された。黒崎の目の中に怒りに近い感情が見えたからだ。

恨まれる覚えはない。気を取り直して、未来は黒崎の短い質問にきちんと答えた。

「勝てそうかどうか、という意味でしたらまだ何もお答えできません。まずはプロリュードが本当に特許侵害をしているかどうかの確認が必要です」

「患者の死に責任を持てないのなら出て行け」

黒崎の低い声に未来は一瞬頭が真っ白になった。

國広はすぐに黒崎を制止した。

「黒崎、やめないか」

國広の声は黒崎に届いていなかった。黒崎は未来を睨んだまま訊ねた。

「患者たちはプロリュードがなければ死ぬんだ。わかった上で止めたんだよな」

さっそくの挨拶だった。だが当事者に怒鳴り返しても仕方がない。熱くなら静岡でじゅうぶんなった。未来は控え目ないつも通りの回答をした。

「弊所は事件の内容で受諾するしないを決めません」

「そっちの都合なんかどうでもいいんだよ。あんたの仕事には人命が懸かっていると理解しているかと訊いているんだ」

未来の代わりに國広が怒鳴った。

「黒崎！　大鳳先生は味方だ」

黒崎は、未来と同じように國広にも分け隔てなく睨んだ。

「お前もわかっているのか。人命には光太の命も含まれるんだぞ」

國広は口を真一文字に結んだ。

「わかっている」

「ならいい。特許なんかのために、お前の息子まで犠牲にさせる気はない。いざとなったら篠原製薬に乗り込んでプロリュードの製造装置のスイッチを押してやる」

黒崎は未来の向かいの席にふんぞり返った。

「あんたの自己紹介はいい。國広からだいたいは聞いている。で、俺は何をすればいい」

コーヒーの匂いがした。

こいつと仕事をするのか。未来はドイツの案件のほうがよかったと思いながら答えた。

「本当に特許侵害しているかを確認します。プロリュードの調査を手伝ってください」

國広が補足する。

「プロリュードについて、大鳳先生が必要とする情報があればお前が提供するんだ。プロリュードについては今やお前が最も詳しい。治験に直接関わっていたわけだからな」

「俺がやったのは治験だけだ。成分設計とナノクラスター構造の原理を開発したのはお前だろう」

「理解していないわけじゃないだろう。もっとも、黒崎が社長業を肩代わりしてくれるなら俺がやってもいいが」

黒崎は鼻をスンとすすった。

「事務作業は嫌いだ。特許はもっと嫌いだが」

こいつは特許制度に対し個人的な恨みでもあるのだろうか。とはいえ、逆に好きと言われても反応に困るが。

國広が宥めるように説明する。

「黒崎しか適任がいないんだ。別のスタッフをアサインしたところで、どうせお前でないとわからないことが出てくる。だったら最初からお前が答えたほうが早い」

黒崎はしばらく何かを計算している様子だった。頭の中でゴネ続けた場合の勝率でも算定していたのだろう。

ゴネても無駄とわかったらしい。黒崎は短く答えた。

「わかった」

國広は頷いた。

「大鳳先生、今後は黒崎を窓口役としてお使い下さい」

直後、國広のジャケットの胸元から音楽が鳴った。スマホの着信音らしい。

國広はスマホを見て呟いた。

「『東京メディカルセンター』だ」國広は未来に手刀を切った。「電話に出ます」

黒崎が手を振った。

「最近プロリュードを使うようになったところか。保存に失敗したとかじゃなきゃいいが」

「そうでないと祈る。余分な数はないんだ」

國広が足早に去っていった。

未来は黒崎と取り残された。

黒崎が唐突に質問する。

「薬学はどこまでわかる」

未来は正直に答えた。

「薬学を専攻していたわけではありません。ですが、過去に化学分野の特許侵害事件を扱った経験はあります」

「薬か」

未来は首を横に振った。

「清涼飲料水の成分特許です」

黒崎は呆れ顔で答えた。

「ジュースと薬は全く違う」

「特許侵害事件を扱える程度の知識はあります。ご心配なく」

「まあいい。いずれにせよ、通常の薬の知識はほとんど役に立たん」

未来は黒崎の言おうとしている内容を瞬時に理解した。

「だと思っています。今回の事件のポイントになる部分、つまりプロリュードの特徴は成分ではないでしょうから」

黒崎は頷いた。

「プロリュードの特徴は、薬の構造だ。難病ＦＪＡＰの原因となるアミロイド沈着に対する特効成分を、体内の隅々にまで届けるための構造だ」

未来も頷き返した。

「ドラッグ・デリバリー・システムですね」

「何から知りたい」

「プロリュードの構造の詳細と、プロリュードの製造方法です。問題の特許三件と比較する必要があるので」

「構造と製法以外は問題になっていないんだな」

未来は、プリントアウトしておいた特許公報をショルダーバッグから取り出した。公報には特許の権利者とその内容が載っている。

「間違いないです」

黒崎はテーブルに両肘（ひじ）を突き、未来に顔を近づけた。

「成分自体に問題がないことは予想がついていた。プロリュードの薬効成分自体は珍しいものじゃない」

「國広さんも、今日のテレビ番組のインタビューでおっしゃっていました」

「プロリュードの標的は、ＦＪＡＰ患者の体中の隅々にあるタンパク質のカスだ。一応、これを溶かす成分はあることはある。ただし問題があり、この薬効成分をカスに直接当てることが従来は困難だった」

「体内に吸収されやすいからですね」

「何も工夫をしなければ、薬効成分が患部に届く割合は、だいたい二から三パーセント程度だ。カスを溶かせる量ではない」

「直接、注射などで患部に注入することはできないのですか」

「カスは体中隅々に溜まっているんだ。全部いちいち注射なんて現実的ではない」

「だとすると、血液の流れで全身に運ぶしかないわけですね」

「投薬の形でな。プロリュードは、三層構造になっている。まず薬効成分は、溶けにくい包み紙みたいな成分で包まれている。これをさらに詰め込んだ塊が、別のもっと溶けにくい包み紙で包まれている。それをさらに飲みやすい錠剤にして固めたものがプロリュードだ」

未来はイメージをしながら答えた。

「包み紙のおかげで、薬効成分は体内で不用意に吸収されたり別の物質と反応したりせずに体中の隅々にまで届くわけですね。届いたところで、ちょうど包み紙が溶けて破れて薬効成分が広がる。タンパク質のカスの目の前で」

黒崎が頷く。

「コンセプトはその通りだ。これを専門用語を使ってきちんと説明することもできる。必要だったらの話だがな」

「包み紙の成分は、二種類あるわけですよね」

「既存の難溶性の物質を使っている。教えてやる」

黒崎は未来の出した特許公報を手繰り寄せ、裏返した。白衣の胸元に差さっていたボールペンで薬品名を書く。

未来はすかさず、黒崎が書く物質の名前をネットで調べた。すぐに出てきた。古くから使われている物質のようだ。

未来は首を傾げた。

「徹底して、既に知られている物質ばかり使っていますね」

成分も包み紙も既知。何も新しいところがない。新しいのは構造のみ。

黒崎は「よくわかったな」と言わんばかりの表情で頷いた。

「サプリメントで成功したフラーリンが創薬に乗り出した際、國広は一つの戦略を打ち出した。特許が切れている薬についての再活用研究だ」

未来は納得して頷いた。

「既にある薬の応用研究ですか。ゼロから創薬するのに比べて研究開発費用は少なくて済むでしょうね」

未来は褒めたつもりだったが、黒崎は「ダメだ」と首を横に振った。

「あくまで比較的少なくて済むだけだ。今までサプリで稼いだ利益は、プロリュードの開発で全てなくなった。フラーリンは財政的にギリギリだ。おまけに特許切れの薬を使っているのに、なぜか特許紛争になっている」

黒崎の疑問はもっともだった。未来はきちんと説明した。

「当たり前です。薬効成分自体は特許切れでも、薬の構造の工夫については特許切れではなかったからです。本来なら、薬の新しい構造を考えた時点で誰かの特許を侵害していないか確認するべきなんです」

黒崎は怠(だる)そうに首を回して呟いた。

「そもそも特許制度なんてもんがなければこんな問題は起こらなかった。本当に邪魔なだけだ」

未来は知財業界人としては一般的な反論をした。

「特許制度がなければ誰も薬を作ろうとは思いません。真似(まね)され放題だったら誰も苦労して薬を作ろうとしないでしょう」

黒崎は首を傾けたまま、目だけ未来に向けた。

「真似ならまだいい。薬は患者に届くからだ。今はどうだ。届かない危険性があるんだ」

議論なら一晩中でもできる自信があるが、疲れるだけなので未来は大人しく引き下がった。

「話が逸（そ）れて申し訳ありません」

「わかったならいい。では、プロリュードの概要がわかったところで、詳細を説明しておく」

問題はその後だった。

プロリュードの説明の途中で、黒崎が怒り始めた。

「話にならん。飲み込みが悪すぎる。少し専門的な話を始めたらもうダメか」

未来は怒鳴られる直前の説明をＰＣで書くのに必死だった。キーを叩（たた）きながら答える。

「もう少しわかりやすく説明してください。知らない専門用語ばかりで」

「不正確な表現はできない。あんたが患者だったらもっとわかりやすく説明してやるが、専門家なんだよな」

「特許のですが」

黒崎は乱暴に頭を掻きながら立ち上がり、どこかに去った。

五分後、分厚い本を何冊も持って戻ってきた。

「明日までに全部読んでこい」

頭を殴ったら死ぬような分厚い本が五冊置かれた。

一方的に告げた黒崎は去った。

今度は戻ってこない雰囲気だった。

未来は最も分厚い本を引っ張り、ぱらぱらと後ろからページを捲った。千五百ページ以上はある。

「『工業所有権法逐条解説』（※特許法・実用新案法・意匠法・商標法の条文を一条ずつ解説した本。通称青本。青いハードカバーなので）より薄いな。あれは二千四百ページあるもん」

勝ったな、とか思っていたら背表紙に『上巻』と見えた。

同じ分厚さのもう一冊の背表紙を見る。『下巻』とある。

ていうかこれ普通の薬理学の本じゃん。今回の特許と関係あるの？　プロリュードは普通の薬じゃないんだよね？

間違いない、絶対に嫌がらせだ。未来は、もし婚活することになったらマッチングアプリで相手の職業から医師は外すと心に決めた。

実際問題、このままでは問題特許とプロリュードの比較に入れない。スマホで時刻を確認する。午後七時を回ったところだ。辞去するにしてもいったん國広に会っておかなくては。

電話をするが、國広は出ない。

フロアをうろうろしていると、社員らしき男性がいた。

國広について訊ねると、社にはいないという。

「社長なら今病院ですよ。お子さんに会いに」

入院していたのか。

病院にいるなら、携帯電話自体は使えるだろうが通話は場所によるだろう。メールを送って帰ってもいいが、できれば報告は口頭でしておきたい。ついでにだが、もし可能だったら担当者を黒崎から別の人に変えてほしい。無理だろうが。

未来は社員に思い切って訊ねた。

「病院の場所、わかりますか」

4

國広光太の入院する病院はフラーリン本社からタクシーで五分の距離にあった。最近できたばかりの病院で、病棟は地上八階建て。病棟外観は高級マンションのように見える。

正門から病棟に向かって道なりに進んだ。中庭のアーチをくぐろうとしたところで、灰色のパジャマ姿の男の子を見かけた。

小学校高学年か、中学生だろうか。艶(つや)やかな髪を真ん中で分けた男の子は、肩で息をしながらゆっくりと歩いている。

男の子は中庭に植えられた木の一本になんとか辿(たど)り着くと、木の幹に両手を当て、下を向いた。

男の子はしばらく呼吸を整えていたが、そのまま木の根元に座り込んだ。地面に両手を突き、呼吸を荒くしている。

周りには誰もいなかった。

心配になった未来は、男の子に駆け寄った。

「大丈夫?　人を呼ぶ?」

髪の毛の隙間から、血走った目が未来を覗いた。

「話しかけないでください。今、練習中なんですから」

男の子が呻いた。ぽたっ、と地面に汗が落ちた。よく見れば額は汗でびっしょりだった。

未来は思わず謝った。

「ごめんね。リハビリ中だったのね」

男の子は地面の土を摑んだ。土に爪の跡が残った。呼吸しているのか呻いているのかわからないような声で答える。

「リハビリじゃないです」

「なんの練習？」

「脱走」

病棟から女性が叫ぶ声が聞こえた。

「いたわ！　光太君！」

振り向くと、看護師が三人、猛ダッシュで向かって来ていた。

未来は男の子の顔を見た。

髪が地面に垂れている姿が、今朝のテレビ局でのインタビュー中の國広の姿に重なった。

「光太君？」

光太の呼吸が、しだいに笑い声に変わっていった。

「三日ぶりにナースステーションの前を通れたのに」

次第に足音が増えた。中庭の茂みのほうから声が聞こえる。

「光太！　どこだ！　またやったのか！」

聞き覚えのある声だった。どこか愉（たの）し気だった。

声の主はすぐに姿を現した。國広だった。

國広は未来と目が合うと同時に声を上げた。

「大鳳先生？」

気が付くと、光太は看護師たちに取り囲まれていた。看護師の一人が折り畳み式車いすをかちゃかちゃと広げている。

看護師の一人がタオルで光太の額を拭いながら呆れている。

「脱走なんてしなくても、このままなら三か月後には退院できるでしょう」

光太は木の幹に寄り掛かり、息も絶え絶えに笑っている。

「三か月後よりも今です。来年は俺も中学生なんです。脱走くらいできなきゃ」

年頃の男の子によくあるかもしれない意味不明な理屈だった。

「中学生は脱走なんてしません」

「車いす、用意できました」

光太は看護師たちに抱えられ、いちにのさんで車いすに乗せられた。

光太が振り向く。

「元気出せよ」

意味がわからなかった。

「私に言うセリフかよ」

「お姉さん、なんか暗い顔してたし」

アデュー、と、人差し指と中指をピッ！　と立てた光太は病棟方面に連行された。

車いすを押している看護師も振り向き、國広に向かって告げた。

顔色は真っ青だったが、愉しそうだった。

「國広さん、そろそろ面会終了時間ですから」

未来は光太が病棟の自動ドアの向こうに消えていくところをぼうっと見ていた。

なんだったんだあいつは。

未来の隣にいた國広がにこやかに答える。

「息子の光太です。元気でしょう」

元気であることは自明であろう。

「脱走とか言っていましたが」

「光太の病室は八階にあります。ナースステーションの前の個室で、ドアを開けると看護師がすぐ気づきます。うまく看護師の目をかいくぐったらエレベーターまで十八メートル。遮蔽物はありません。エレベーターで一階まで降りたら通用口まで二十メートル。業者用の駐車場の脇にあるベンチで一休みしたあと、表に回って中庭を通り抜ければ正門までの通路に出ます。もう一息ですね」

なんのゲームだ。

「父親としては止めたほうが絶対によろしいかと」

「あいつ走れないんですよ。心臓が弱いので」

しれっと答えた國広は、スマホを取り出し操作し始めた。

「従前、FJAPの根本治療法は、症状進行前の肝移植だけでした。光太は心臓が弱く、手術は不可能でした」

國広はスマホを未来に見せた。

「こんなだったんですよ」

動画が再生されていた。病室のベッドの上で、六歳くらいの男の子が上体を起こして座っていた。ベッドのテーブルの上には、食事が用意されている。トレイには、白いご飯の入ったお茶椀と蓋の付いたお椀、スプーンが置いてあった。

動画の中の子供は光太だ。

光太の左腕はだらんと下がって動かない。

口を開けたままの光太は、右手でスプーンを持とうとする。右手は指が微かに動くだけだった。

光太はスプーンを摑もうとして何度も失敗する。

國広の音声が聞こえた。

『痺れるか』

『ああ』

返事なのか、そうでないのかわからない声だった。

『がんばれ』

『あー』

ようやく光太は人差し指と中指と親指でスプーンを抓んだ。しかし持ち上げられず、布団の上に落とした。

その後、光太は布団の上のスプーンを何度も摑もうと繰り返した。

スプーンを摑んでは落とし、摑んでは落としの繰り返しが十分以上続いた。

にわかには信じられなかった。これがさっきまではしゃいでいた光太の過去の姿なのか。

あまりの衝撃に、未来は言葉を失った。

國広が呟いた。

「けっこう驚きますよね」

未来は我に返った。どんな返事が適切かどうかわからなかった。

國広は未来の心境を見越してか、話を続けた。

「本当に、ずっとこのままなのかと思ったんですよ」

國広はスマホを仕舞いながら、微笑んだ。

「FJAPは二十代までに急速に進行する病気です。症状は多岐にわたりますが、日常生活に特に支障があるのが痺れと心臓の症状です。特に心臓はアミロイド沈着の好発臓器で、私の目の前で光太が心停止を起こしたこともあります」

未来の心臓が変な跳ね方をした。

「そんな怖い話をしないでください。どんな顔で聞けばいいかわからなくなりますから」

國広は喜びが堰を切ったように捲し立てた。

「私も最悪の事態を覚悟していました。三年前、光太が九歳の時、まだ試験段階のプロリュードを与えるまでは。薬効があったんです。投薬から一年で、心臓の症状はほとんど治まりました。寝る時にいつも息苦しそうな顔をしていた光太が、寝息をすうすう立てて眠るようになったんです。普通の子供に比べて心臓は弱いですが、年齢にふさわしい好奇心を取り戻す程度にまで回復したんです」

中庭の外灯の光量が上がった。國広の興奮した顔が照らされた。

そんな國広を見て、未来は答えた。

「嬉しかったでしょうね」

國広は頷いた。

「今やFJAPは不治の病ではありません。患ったとしても三十歳まで生き延びられればいいんです。FJAPによるアミロイドの生成と沈着は三十代で急速に治まります。ただし、それまではプロリュードを切らしてはならない。切らさなければ、二十代までに生成されるアミロイドはプロリュードが全て撃ち落とします」

「年齢で、病状の進行が止まるのですか」

「稀(まれ)に、発症が遅い患者がいます。その人たちを追った研究が存在します。海外であった例ですが、十八歳で発症し、四十歳まで生きた患者の研究です。研究によれば、アミロイドの生成と沈着自体は必ず止まります。ただ、それまで体内に溜まったアミロイドがどうしようもなかったんです。しかし今ならプロリュードがあります」

國広は、未来に頭を下げた。

「息子を救ってください」

未来は、今日の報告をするだけで辞去した。

ショルダーバッグとは別の紙袋の取っ手が掌にめり込む。

帰って読み込まないといけない。

未来はまだ、プロリュードが本当に特許を侵害しているのか判断ができるほど、プロリュードを技術的に理解していない。

未来が特許侵害を判断できなければ、フラーリンはプロリュードの製造を中止する以外に選択肢がなくなる。

警告を突き返すには、三社が保有する特許と比較ができる程度までプロリュードを、薬学を学ぶ必要がある。

5

光太の薬が切れるまであと十二日

次の日、未来は再度フラーリンを訪れた。

未来は受付で黒崎を呼び出した。同じ会議スペースでプロリュード勉強会の続きを行った。

小一時間話をした後、黒崎が唐突に訊ねた。

「ずいぶんと話が通じるようになったな」

「昨晩に読み込みましたから」

未来は昨日押し付けられた本をテーブルの上に積み上げた。

「ほう」

「文献を読むのが仕事なので」

分厚い上下巻の薬理書を黒崎に向けて少し滑らせた。

「この本だけは無理でしたが」

黒崎はしれっと答えた。

「それは辞書として使えばいい。薬学生でも難しくて最初から最後まで読む奴はいない。俺は読んだがな」

やっぱり嫌がらせだったのか。未来は口を尖らせた。

「だったら電子版があると助かるのですが。検索もできるし」

「ない」

しばらく黒崎とプロリュードの問答を続けた後、黒崎が頷いた。

「ようやく前提の前提の前提くらいは共有できたな。そっちの理解が怪しいところは多々あるが、まあ昨日に比べたらマシだろう。では今度はそっちの番だ。特許の中身を説明してくれ。正確にかつわかりやすくだ」

未来は昨日も持参した特許公報をもう一度取り出し、説明した。

「フィンネルの特許は、薬を粉にした場合の一粒の大きさを一定以内に収める製法特許です。田村製薬の特許は、薬の粉粒の大きさそのものの特許、アンジェリカの特許は薬の粒の積み重ね構造の特許です」

黒崎は念を押した。

「確認するが、薬効成分についての特許ではないんだな」

「一つもありません」

黒崎は知っていたとばかりに頷いた。

「だろうな。逆にこれだけ有名な物質でまだ特許が残っていたらそっちのほうが問題だな」

「こちらとしては、薬の粒の構造やその製造方法を工夫したのなら、それが他人の特許を侵害することにならないかを事前に調査してほしかったですが」

黒崎は未来を睨んだ。

「クライアントを責める気か」

「本来なら。しかし、新製品を発売する前に特許侵害調査をきちんと行う企業は少数派です。ベンチャーとなるとなおの話ですね」

黒崎を責めても仕方がないのだが、未来としては、製品を出す前にはきちんと特許侵害調査を済ませてほしいと考える。

とはいえ、ベンチャーの場合はスピードが大事だ。特許調査を行う暇があったらもう一つ製品を開発したほうがよいと考えるだろう。

未来の心中など知らないであろう黒崎は、悪びれずに答えた。

「だからあんたみたいな仕事が成り立つんだろう」

「おかげさまで。では正確な対比を行います。警告のあった三件の特許発明を要件に分けて説明しますので、プロリュードが当てはまるか、正確にお答えください。下手にごまかしたりしないで」

「そんなことはしない」

　未来は黒崎に各特許の請求項を細かく説明した。

　田村製薬の特許と、アンジェリカの特許とをそれぞれプロリュードと比較し終えた時点で二時間が経過していた。

　未来はチェックマークだらけの特許公報を眺めながら呟いた。

「現状、田村製薬とアンジェリカの特許は、確実に侵害していますね」

　黒崎は伸びをしながら答えた。

「ずいぶんはっきり言うもんだな」

「黒崎さんの説明を聞く限り、事実ですから」

　悪態をつきながらも、未来は言いようのない気分の悪さを感じていた。

　昨晩から今まで受けた黒崎の厳しいトレーニングを通じ、わかったことがある。二件の特許発明は大したことはない。

　特許の観点で考えれば、見事なところで特許を取得したと思える。

　今ある技術に毛が生えた程度の技術で特許を取得できると、とてもいいことがある。みんなが勝手に特許侵害してくれるのだ。技術は日進月歩であり、放っておいても技術は進歩していく。毛が生えた程度の進歩であれば、必ずみんな踏む。

たとえば、ある製薬会社Aが、頭痛によく効くが副作用で胃がもたれる薬を販売していたとする。これを見た別の製薬会社Bが、その頭痛薬に胃薬を混ぜただけの薬で特許を取得する。

A社の頭痛薬が売れるにつれて、A社は副作用の胃もたれを解決しようと、とりあえず胃薬を混ぜた薬を作る。

A社は自然ななりゆきでB社の特許を侵害し、B社はA社から損害賠償金を貰うことができるのだ。

今回、フラーリンが警告を受けた特許三件のうち二件は、まさにこれだった。

未来は呟いた。

「うまくやられた感じですね」

未来の言葉を端に追いやるように、黒崎は訊ねた。

「残ったフィンネルの製法特許は」

未来はフィンネルの公報を手に取り、すぐにテーブルに戻した。

「これはまだ判断できません」

「どういう意味だ」

「篠原製薬に話を訊く必要があります。フラーリンだけではわかりません」

黒崎は公報を手繰り寄せ、覗き込んだ。「何が問題だ」

「特許侵害の可能性があるとしたら、篠原製薬に依頼した製造工程の一部だからです」

「どの工程だ。全部はわからないが、俺が知っている範囲なら答える」

未来はPCを操作した。昨日と今日、黒崎から訊きだした内容のメモを表示させる。

「K－7工程です。黒崎さんの説明を聞いた限りでは、特許侵害の特定には情報が足りません」

黒崎がPCのディスプレイを覗き込む。

「これは確かに俺じゃわからんな。まずは國広に話をすべきだ。篠原に確認するとしても國広経由のほうがいい」

未来はフラーリンと篠原の関係を思い返した。

「工程の設計図はありますか。フラーリンは、プロリュードの製造工程についてどんな設計指示をしているのかがわかれば、それでも判断できるかもしれません」

「かなりの部分を篠原製薬に任せているから当てにしないほうがいい。薬の製造方法は、大きく分けて二種類ある。実験室レベルの製造方法と、量産するための方法だ。フラーリンでは実験室レベルの製造方法はわかるが大量生産は篠原なんだ。方法が全く違う」

「でも、何も指示しなかったわけではないでしょう」

「渡した方法は、実験室レベルの製造方法だけだ。國広も量産方法だけは考え付かなかったんだよ。なにせナノメートル単位の構造を安定して作るんだ。半導体工場みたいな精度で成分粒径をコントロールできる技術が必要になる。それができると答えた会社が篠原製薬だ。だから製造委託をしたんだ」

嫌な予感がした。

「となると、篠原製薬は単なる委託業者とは言えませんね。契約上はともかく、プロリュードとしては篠原製薬との共同開発といってもいいかも」

黒崎の表情が硬くなった。

「だがそうじゃない。契約書は読んだんだよな。プロリュードに関する特許問題が発生した場合、責任はフラーリンが負うことになっている。篠原製薬が責めを負うのは、明らかに篠原製薬に落ち度があったと言える場合だけだ」

冷静に考えれば、作り方は全て任せてもらうが特許問題はそっちで負えとは不平等契約ではある。

とはいえ量産に関する問題、例えば品質問題については篠原製薬が責めを負うことになる。篠原製薬としては、製造物の品質保証はするんだからお互い様だろうという話か。

黒崎がぎろっと睨んだ。

「今のところまでで、フラーリンの勝算はどれくらいある。ゼロか」

未来は率直に答えた。

「構造の二件に関しては、何もしなければ確実に敗訴ですね」

「何かの間違いだったとか、警告書の送り先を間違えていた、というわけではないんだな」

奇跡を期待するとは医師らしくない、と未来は勝手に思いつつ答えた。

「ですので、構造の二件については、特許を潰すしかありません」

黒崎の眉がピクリと動いた。

「潰せるのか」

「うまく先行技術文献が見つかれば、ですが。警告書に関する三件の特許出願よりも先に、薬の粉粒の構造がどこかで公開されていたり、クラスター構造の量産方法が公開されていたら、潰せます。その特許は無効ってことですから」

黒崎は椅子にどっかと凭(もた)れ、興味を失ったことを態度で示した。

「もしそうだとしたら、フラーリンより先にプロリュードを作っていた奴がいたという話になるが」

「そのイメージで間違っていません」

黒崎は明後日の方角を見た。

「もしいたら、そいつらが先に特許を取得しているだろうな」

未来は素朴な疑問を投げかけた。

「なぜ、フラーリンはプロリュードについて特許権を取得しなかったのですか」

黒崎が呆れている。

「むしろなんで最初に訊かなかった」

「御社からの依頼とは無関係だからです」

「篠原の要望だ。プロリュードの製造委託契約を結んだ際、篠原製薬は量産に関する技術について一切の特許取得を拒んだんだ」

未来はＰＣを操作した。國広から受け取っていた製造委託契約書の電子版を確認する。

条項があった。たしかに篠原製薬が請け負う製造工程に関する部分は、フラーリンは特許を取得できない旨の契約がなされている。

当たり前と言えば当たり前だ。量産技術を有さないからフラーリンは篠原製薬に製造を依頼したわけだからだ。

「では、篠原製薬が特許を取得しているのですか」

「していない。篠原製薬は特許を取得しない会社なんだ」

「なぜ」

「コカ・コーラ社の戦略と同じだ。篠原製薬は、あえて特許を取得しないことで、自社の技術を秘匿しようとしている。特許を取得しようとすれば、発明は公開されるだろう」

現在のところ、日本では特許を取得する場合、必ず発明は公開される。

未来は唸(うな)った。

「たしかに特許取得をしない会社は存在しますが、まさか製薬業界でいるとは」

「逆にいえば、それだけ技術力に自信があるということだ。『理由はわからないが篠原製薬が作る薬は品質がいい』という噂(うわさ)が業界で流れれば、唯一無二の存在になれる。真似したくてもできないわけだからな」

「理屈上はたしかにそうですが」

「証拠というわけではないが、製薬業界内では、プロリュードの量産は採算がとれないはずだという試算も出ている。篠原製薬くらい製造効率を上げられる会社でないと、プロリュードのような複雑な構造の薬を少量作っても元が取れないとな」

未来は篠原製薬との話し合いを思い出した。

「だとしたら篠原製薬が強気な理由もわかります。プロリュードを製造できる工場は篠原製薬以外にないわけでしょう。フラーリンとしては篠原製薬と互角どころか、立場は下になりますね」

「フラーリンの宿命だよ。うちは自前で工場を持たない創薬ベンチャーだ。工場を持たない分だけリスクは少ないが、だからといってリスクから完全に逃げられるわけじゃない。國広がよく言う言葉だ。リスクを背負わないものは、けっきょくリスクを背負うものの下で働くことになる」

「はたから見れば、フラーリンが篠原製薬を下請けに使っているように見えましたが」

「内情を知らない者にはそう見えるだろう。國広が出演したテレビ番組もだが、世の中はフラーリンが主役だと考えている。篠原製薬としては、いい気分ではないだろうな」

想像以上に、フラーリンと篠原製薬の関係は複雑だ。

未来は三社分の特許公報を全てバッグに仕舞った。

「K－7工程に関しては篠原製薬に確認します。國広さんに話を通さないと」

黒崎は意外な申し出をした。

「行くなら俺もついていく」

未来は驚いた。

「ありがたいですが、どうして」

「篠原製薬の態度が気に食わないからだ。いくらビジネスとはいえ、問題発生時に責任を丸投げでだんまりとは許せない」

未来と黒崎は社長室に向かう。

國広は、開口一番に「無理だ、拒否される」と答えた。

「至急確認したいとは思いますが、篠原製薬が製造工程を見せてくれるとは思えません」

黒崎が國広に突っかかる。

「いくら篠原でも、完全にしらんぷりをするのは許されないだろう」

國広は口元に手を当てて答えた。

「篠原製薬は、徹底した製造技術の秘匿を条件に、プロリュードの製造を引き受けてくれたんだ」

未来はなるべく丁寧に訊ねた。

「全く取り付く島もない雰囲気ですか」

國広は悩んでいた。

「契約上、篠原製薬には、警告書に対応する責任も義務もありません。特許に関するトラブルについては、すべて我々フラーリンが責任を負うことになっています」

「契約は分かります。しかし工程の確認ができなければ、侵害しているのかしていないのかの確認もできません。このままだとフラーリンは特許権者三社の言い分をそのまま受け容れることになります」

國広も状況が理解できたようだった。

「わかりました。篠原社長には、私から話をします」

未来は素朴な疑問を國広にぶつけた。

「篠原製薬の技術力はどれくらい高いのでしょうか」

「医薬の量産技術において業界随一です。薬によりますが、平均的な製薬会社の工場に比べ、篠原の工場なら二倍は早く薬が製造できるとか」

単純計算すれば、篠原の工場で作れば二倍の売上が出せることになる。

未来は思わず呟いた。

「超高効率ですね」

國広は頷く。

「その技術を、篠原製薬はあえてノウハウとして秘匿することで製薬業界を生き延びているんです。たとえ裁判になったとしても、見せたくないと考える可能性すらあります」

徹底した秘密主義も困ったものだ。

未来は心苦しくも、クライアントたる國広にお願いした。

「國広さんより、篠原社長に、工程を見せていただけるよう、お願いしていただけますか」

「やってみます」

6

篠原製薬と緊急のテレビ会議を行ったのはその日の夕方だった。

國広と相談し、初めての話し合いは静岡で直接行ったとしても、二度目以降はテレビ会議でも問題ないだろうとの話になった。

しかし想定通り、胡麻塩頭の篠原の態度は硬かった。

『一切お見せできません』

未来は横車を押す気分で訊ねた。

「フラーリンは御社に製造を委託した立場なのですが」

『契約にある通りですよ。工場内での製造工程については情報を開示できません。K－7工程だけに関してもです』

「それでは特許侵害かどうかの確認ができません」

『そちらの都合でしょう。こちらは率直に申し上げて、迷惑しています』

未来は拳をぐっと握った。にわかに信じられない態度だった。

「確かに契約上はおっしゃる通りです。しかし、それではフラーリンは戦う術がありません。プロリュードを作れなくなってしまいます」

篠原の主張は変わらなかった。

『委託を受けた医薬品の品質については責任を持ちます。しかし品質以外については、我々は責任を負いません。負えません。その条件での委託だったはずです』

「しかし」

『我々が最も気にしている問題の一つが技術漏洩です。我々にとっては製造工程一つの情報が流出しただけでも致命的なんです』

話し合いは平行線で終わった。

黒崎が呟いた。苛立ちが声色に混ざっている。

「わざわざ静岡に行かなくてよかったな」

未来も、素直な気持ちを國広に伝えた。

「予想していたとはいえ、怒りに近い感情を抱きますね。篠原にとっては人の命よりも技術保持が大切なのでしょうか」

國広も半ば呆れ気味に答えた。

「仕方がありませんよ。篠原製薬は、技術を秘匿することで生き残っている企業です。誰にも教えたくはないでしょう」

未来は頭を切り替えるしかなかった。

「では警告を受けた三件目については、侵害かどうかは不明として、対応します」

黒崎が補足した。

「三件とも、うちが特許侵害しているとして話を進めるわけだな」

國広が訊ねた。

「対応はできるのですか」

「特許を三件とも無効にするしかありません」

「無効にするとはどういうことですか。具体的には何をするのですか」

　未来は黒崎にも説明したことを繰り返した。

「例えば、特許出願日より前に、プロリュードの構造や作り方が世の中に公開されていたと証明すれば、警告書の特許は無効になります。無効になれば特許侵害も何もなくなりますから」

「それって、私たちフラーリンよりも前にプロリュードを開発した人がいるってことになりますよね」

　どこかで聞いた質問だった。

「プロリュードそのものでなくてもかまわないんです。プロリュードに似た構造の物質があったと証明できればいいんです」

「あってくれたら嬉しいですが、複雑な心境ですね」

「大急ぎで文献調査を行います。黒崎さんをお借りします。専門家の目で見てもらわないと、使える文献かどうかの判断が難しいですから」

　國広は黒崎を見た。

「わかりました。使ってください」

7

未来は文献調査会社《磯西技術情報サービス》の磯西に連絡した。磯西は元大手知的財産マネジメント専門企業の社員で、現在は独立して特許文献調査業務を行っている。

スマホで磯西に依頼内容を説明する。

『医薬特許の無効資料調査ですか』

「成分じゃなくて、薬の構造のほうね。あと製造工程」

磯西は少し黙った。キーを叩く音がスマホのスピーカーから微かに聞こえる。

『調べること自体はできますが、話を聞く限り難しそうですね』

磯西の言葉に未来は驚いた。依頼の内容だけでわかるのか。

「理由くらいは聞かせて」

『最近の医薬品関連の特許の流行りといえば流行りなんですよ。既存技術に毛の生えた程度の工夫で出願して誰かが踏むのを待つって。今教えてもらった三件、ちょっと読んだんですけどね、流行りど真ん中ですね』

さっきのキーを叩く音は調査ツールで文献を検索したものだったのか。

磯西の仕事の早さは未来も認めているが、この一、二分でわかるとは、さすがは特許文の読み込みが専門なだけはある。

磯西の説明は続いた。

『未来さんも感じていたとは思いますが、既存技術からギリギリ進歩性があるところで特許を取得されていますね。このパターンの特許は基本的に潰せないですよ』

磯西の予想はだいたい当たる。だから未来もよく調査を依頼している。

とはいえ、実際に調査をする前から諦められては困る。

「言い訳を聞くためにあなたに連絡したわけじゃないの。なんとかして、特許を三件とも潰せるような文献を探して」

仕事が早いことは嬉しいが、諦めるのまで早いとなれば溜まったものではない。

『論文とか科学雑誌とかまで手を広げる必要がありますね。海外の文献まで』

「かまわないわ。費用は潤沢にあるから」

『納期は』

「むしろ何日でできる」

『人を増やす前提で、の話ですが、まず関連ありそうな文献のおおまかな抽出までが四から五日。抽出した文献群から明らかに無関係な文献をふるい落として、無効資料となる候補の選別までプラス二、三日。そこから本当に問題特許三件を潰せるかの判断まで含めたら、プラス一週間は必要です』

約二週間だ。光太の薬はとっくに切れている。

「明日の夕方までに、無効資料の選別までやれる？　有力候補だけ先に欲しい。人はいくら増やしてもいい。お金も割増で出す。なんなら言い値でもかまわない」

しかし磯西も渋い反応をする。

『本当に言い値でよければ、伝手はあります。でも、けっこうしますよ？　そもそも医薬関連の特許調査員はあまりいないんですから』

弁理士でも医薬が分かる者はだいたい六パーセント程度と言われている。特許調査員もだいたいこの割合でいると考えるなら、磯西の言い分は正しい。

未来は退く気はなかった。

「いいからやって。こっちも事情があるの」

磯西は半ば諦めた声色で答えた。

『未来さんの無茶ぶりの中で今回が一番酷いですね』

「知ってる」

『一応、予算を訊いてもいいですか』

「際限なく。クライアントから費用枠の制限を受けていない」

磯西が吹き出した。

『医薬業界はお金の使い方が違いますね。わかりました。今から気張って人攫いをします』

「無効資料の有力候補を貰ったら、こちらでも特許を潰せるかの判断をする。磯西もやって」

『クロスチェックってことですか』

「そのほうが磯西の工数も無駄にならない。比較の精度や、特許無効のロジックの精度も上がるでしょ」

『承知しました』

磯西は依頼通り、翌日の午後四時に無効資料の候補となる文献をPDFで送ってくれた。

問題特許一件につき、五、六本の無効資料候補を見つけてくれている。かなりの量だった。

特許文献と、薬理学関連の論文が多かった。論文の言語は英語だ。磯西は医薬にも英語にも強い調査員を集めた様子だった。

未来は文献を全て、予め訊いておいた黒崎のメールアドレスに送った。同時に『やってほしいことがあるので明日説明する』と送った。

8

光太の薬が切れるまで残り十日

翌日、未来は黒崎に会いにフラーリンに向かった。

黒崎は相変わらずぼさぼさの髪に髭面だった。実際に病院で患者を診るわけではないからといって、身支度をサボりすぎではなかろうか。

この姿の医師には診察をしてほしくないと未来は思いつつ、いつもの会議スペースに入った。

未来はPCを開きながら訊ねた。

「昨日、メールで文献をお送りしたのですが、ご確認いただきましたか」

黒崎は若干、怒っている様子だ。

「メールなんかで送っていいのか」

「問題ありません。秘密文書ではありませんから。全て世に公表されている特許文献や論文、科学雑誌の記事です。これから黒崎さんにやって欲しいことを説明します。その上で、文献を読んでください」

黒崎の返事は未来も予想できていなかった。

「もう全部読んだ」

未来は目を瞬いた。視界の黒崎が点滅する。

「一日で？」

「正確には一晩だな。日付が変わるくらいまで仕事があったから、帰ってから読んだ」

未来は驚きのあまり返答に窮した。

「こちらとしてはありがたいです」

弁理士でも、知財四法の条文を全部暗記している者がいる。理由は「クライアントから電話で質問されたときに『確認して折り返しお電話いたします』と答えるのが恥ずかしいから」だそうだ。だがこんな奴は希少中の希少だ。

しかし医師であれば別なのかもしれない。クライアントたる患者からの質問と、その回答の重みは異次元のはずだ。命が懸かるのだから。

ともかく、仕事が早く済むと考えればむしろ僥倖（ぎょうこう）である。未来は黒崎に特許を無効にする判断手法を説明した。

一通り聞いた黒崎が仰々しく頷く。

「要するに、あんたが持ってきた文献で、警告を受けた特許をジグソーパズルみたいに再現できれば、その特許は無効にできるわけだな」

「その通りです。公開されている技術を組み合わせただけだから、本当は特許になってはいけなかったものだ、だから特許は無効だと言えるんです」

黒崎はずっと首を上下に振っている。

「残念だが、この中に使えそうな文献は何一つない」

黒崎の言葉を理解するまで数秒かかった。

「本当ですか」

黒崎は呆れた顔で答えた。

「嘘をつく理由なんかないだろう。俺の意見としては、特許と無関係な文献と言ってもいい。探し直しだ」

答えあぐねていると、白衣を着た社員がやってきた。

「黒崎先生、打ち合わせに戻ってください。皆待っています」

黒崎は立ち上がった。

「無駄足だったな。國広から直接頼まれた最優先の仕事だとしても、他の仕事を全部放るわけにはいかない」

未来は慌てて立ち上がった。

「待ってください、本当に文献が無関係か確認を――」

「俺のやることはきちんとやってる。この仕事のメインはあんただ。俺じゃない。あんたが結果を出せ。そのために来たんだろうが」

黒崎は白衣を翻して去っていった。

呆然としていると、國広が入れ替わりに会議スペースにやってきた。

國広は心配した表情で、未来のほうに向かって来た。

「何か問題がありましたか」

黒崎とすれ違った際に、黒崎が何か愚痴でも零したのだろうか。

未来は國広に今起きた話を説明した。

國広は、黒崎の判断については信用しているという。

「黒崎は特許の専門家でないことは事実ですが、でも黒崎が言うのであれば本当でしょう。あいつは優秀ですから」

「特許は嫌いとおっしゃっていましたが」

國広は何かを思い出したよう表情で答えた。

「特許にいい思い出がないという意味の『嫌い』かと思います。習得が難しいとか判断ができないから嫌いという意味ではありませんよ。あいつは大学にいたころ、いろいろありましたから」

國広は懐かしそうに言った。

未来は気になって訊ねた。

「國広さんと黒崎さんは、同じ大学だったのですか」

國広は頷く。

「同じ恩沢（おんたく）大です。私は薬学部で、あいつは医学部です」

未来は思わず「へぇ」と声を上げた。

東京恩沢大の医・薬学部は、国公立まで含めた中でもトップクラスだ。私学であれば最高峰といっても過言ではない。

「薬学部も有名ですが、恩沢大の医学部も有名ですよね。優秀な医師が多く輩出されると」

だとすれば、黒崎が一晩で英語論文を二十本弱程度読めるのもあり得るし、そもそも國広がベンチャーで成功しているのも納得がいく。この二人はそもそもできが違うのだ。

國広は薄く笑った。

「悪い噂ばかりでしょう。医療業界は恩沢大卒の派閥が裏で牛耳っているとかなんとか」

未来は最近見たテレビ番組を思い返した。

「活躍されている方にはさまざまな噂はつきものです。最近も、名前は忘れましたが恩沢大の教授がニュース番組に出演していました」

「教授といえば」と、國広が答えた。

「黒崎は歴代最年少で准教授になるところだったんですよ。大学の医局に残っていたら、の話ですが」

未来の脳裏に、高笑いする黒崎の幻が浮かんだ。

「超エリート？　だからあんなに人を見下したような態度なんですか？」

國広は弾(はじ)けたように笑い出した。いくら同期でも笑い過ぎではと思う程度に笑った後、説明する。

「本来なら、うちのように吹いたら飛ぶ規模の中小企業でメディカル・ドクターなんてやっているべき人材じゃありませんよ」

もしもの話だが、恩沢大卒の医師は全員、黒崎をデフォルメしたようなのが標準だったらどうしよう。

などと考えていると、素朴な疑問が浮かんでくる。

「黒崎さんはどんな経緯でフラーリンに」

「単に、大学で居場所を失ったんです。医学部の研究室は競争が激しいですから。おまけに黒崎はあの物言いでしょう。研究室時代は敵も多かったようで」

とてもクリアな理由だった。

「納得できますね」

「話を聞く限りでは、警告書の特許三件を潰すのは難しいみたいですね」

肩を落とす國広を、未来は元気づけた。

「まだ三日目です。ご心配なさらないでください」

「大鳳さんも、特許業界では有名と聞き及んでいます。どうかお願いいたします」

油断していたら、しっかりプレッシャーをかけられた。

未来はフラーリン社内の休憩室で、磯西に電話をした。ここなら通話をしても問題ない。

繋がるなりすぐ、未来は磯西に文句を付けた。

『関連ある文献が何一つない？　もう読んだんですか』

「クライアントのところにいる医師に読んでもらった。特許に明るいとはいえない人だけど、信憑性はあると思ってる。プロリュードのことをよくわかっている医師だから。磯西の感触はどう」

『今、特許と無効資料候補の比較作業中です。実は作業者からも、難しいとの声が上がっています』

　黒崎の心証は当たっている様子だ。

　未来は半ば諦めがちに訊ねた。

「このまま続けても、よい結果は出なそう？」

『申し訳ありませんが、期待はしないでほしいです』

　訊かなければよかったと思いつつ、未来はダメ元で訊ねた。

「今回無効にしたい特許三件、調査中に何か気になったことはある？　なんでもいいから気になったことがあったら教えて。次の手を考える取っ掛かりにしたいの」

　磯西は『何かあったかな』と困惑しつつ、ぼそっと呟いた。

『関係があるかどうかはわかりませんが、無効にしようとしている特許三件の特許出願日は気になりましたね』

「どう気になったの」

『プロリュードの承認日と近いです。三社が特許を出した日は、プロリュードが世に出回るぞと公言された日の直前だったんです』

特許出願日が、プロリュードに薬機法上の承認がされた日と近い。

未来は予め國広から貰っていた、プロリュードに関する情報の記載されている電子ファイルを開いた。

承認日を確認する。

「確かに近いけど。ん？」

未来はしばらくＰＣのモニターを見つめた。意識は遠くに飛んで、すぐに戻ってきた。

『未来さん？』

頭の中で、次の一手が浮かび上がった。

未来は磯西に早口で告げた。

「とりあえず、磯西は予定通り、特許と文献の比較作業を続けて。こっちはこっちで別の対応策を考えるから」

『わかりました』

通話を終えて、未来は考え込んだ。

「確かに近いわ。特許三件の特許出願日と、プロリュードの製造販売開始日が」

問題特許三件は、全て工場での製造工程に関する特許。

だとしたら。

もしうまくいけば、文献などなくとも確実に反論できる手段が作れる。

第二章▼カウンター

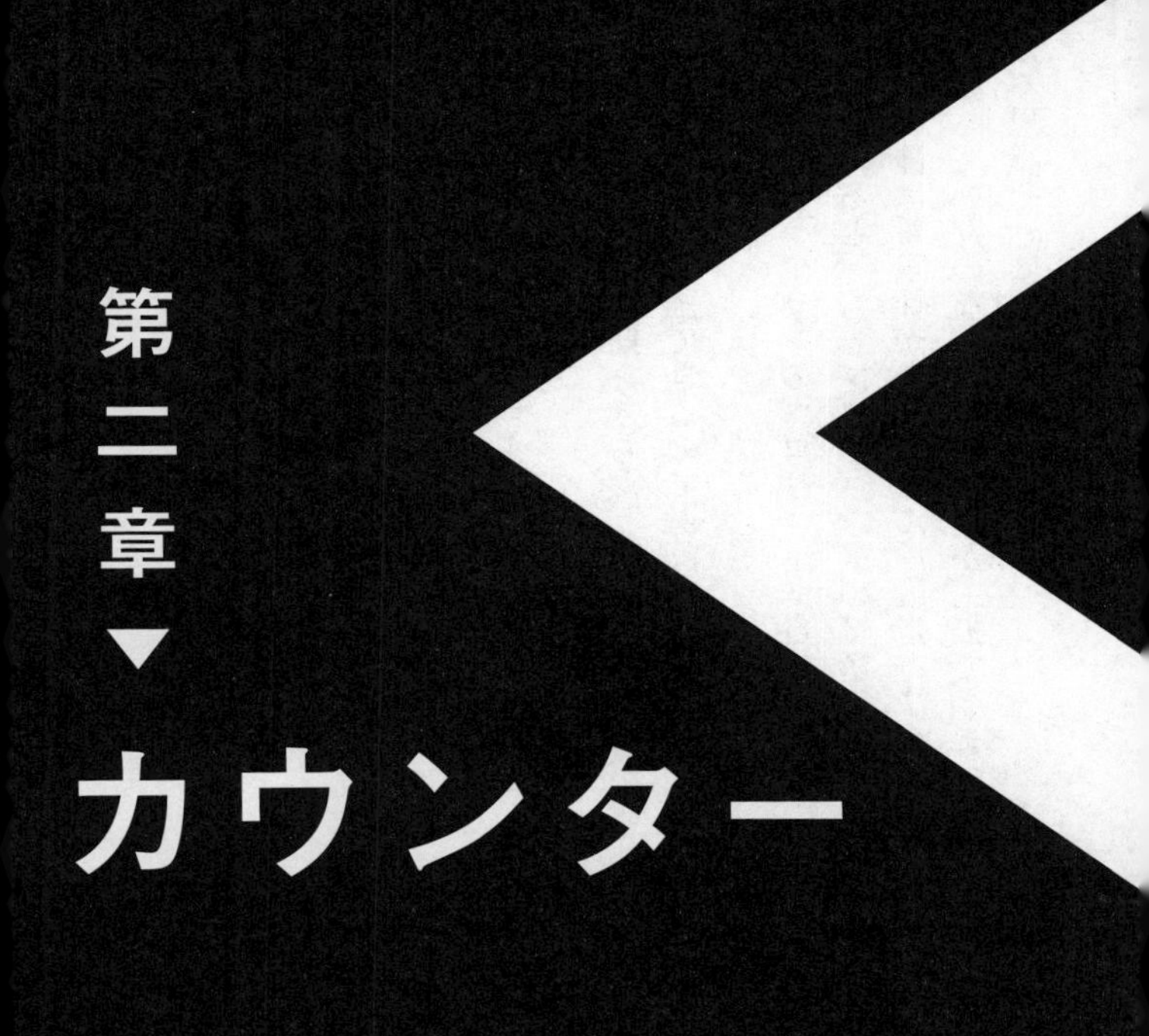

1

光太の薬が切れるまであと九日

翌日、未来は会議スペースに國広と黒崎を集め、反論方針案を伝えた。

國広が、まるで暗唱するように未来の言葉を繰り返す。

「特許三件の申請よりプロリュードの製造のほうが先だったと反論する?」

未来は頷いた。

「プロリュードの製造時期をきちんと立証する必要がありますが、もし特許出願より先に製造していると立証できるのであれば、それだけで特許侵害は免れます」

黒崎は微笑んだ。

「なるほどな。フラーリンのプロリュード自体を無効の証拠にするってわけか」

「正確に説明すると、もしプロリュードの量産方法が特許の申請より先に世に出ているのなら、特許は新規性がありません。製造方法が公開されていないとしても、先に製造を開始していたのなら、先使用権が主張できます」

國広が不思議そうに訊ねる。

「なんですかそれは」

「文字通り、先に発明を使っていたことで発生する権利です。誰かの特許出願より先に発明を実施していたのなら、それは特許侵害とはしないとする法律です。だって平等じゃないでしょう」

國広は納得がいかない様子だった。

「てっきり、特許審査官はそこまで全て調べたうえで、三社に特許を与えているのかと思っていましたが」

未来は首を横にぶんぶん振って否定した。

「審査官もこの世の全てを調べられるわけではありません。調べられるのはせいぜい特許文献だけ。論文や雑誌まで調べるのは稀ですし、ましてや、先に誰かが発明を実施していたかどうかなんて、知りようがないです」

黒崎が得意気に答える。

「穴だらけの制度だな」

黒崎の悪態は無視した。

國広が訊ねる。

「製造とは、試験的な製造でもいいのですか。例えば、実験室で試験的に作る分にはどうでしょうか。実験室での製法であれば何年も前に確立しています」

未来は否定した。

「実際に市場に出した製造方法でなければだめです」

「工場で製造ラインを組み立てている途中で少し製造した、とかはどうですか」

「工程は完全同一でないとダメだと考えてください。裁判だったら、一応、証拠として出してはみるでしょうが。今は交渉段階です。交渉段階で相手を納得させるには、かなりの確度の証拠が必要です」

「だとすると、実製造工程の稼働日ってことになるか」

未来と國広は、特許出願日とプロリュードの製造日の比較を開始した。

未来はPCで問題特許の公報を見せた。特許公報には出願日が記載されている。

「特許三件のうち、最も早い特許出願日は昨年の五月十九日です。この日より前、五月十八日以前にプロリュードの製造を開始していたことが立証できればいいんです」

國広の表情が固まった。

急に黒崎が声を荒らげた。

「くそっ、五月十八日か」

國広は顔を両手で押さえた。

「プロリュードの発売日は昨年の五月二十三日です」

　五日足りない。

　しかし、未来は諦める気はなかった。

「製造開始日が問題です。発売日じゃないです。製薬工場の製造ラインが正式稼働した日が十八日以前ならいいんです」

　手を顔から離した國広の表情は暗い。

「プロリュードを実際に製造したのは篠原製薬です。篠原製薬に確認が必要です」

　けっきょく篠原製薬のブラックボックスに突き当たるのか。

「だとすると、篠原製薬に話を訊かないといけませんか」

　國広は力なく頷く。

「我々がわかるのは発売日だけです」

　未来は食い下がった。

「納品書とかありますよね。製造日の記載があったりしませんか」

　黒崎が首を横に振る。

「フラーリンにプロリュードは届かない。篠原製薬の工場で作られたプロリュードは、篠原製薬の保存庫に保管され、そのまま直接、卸に届けられる」

國広が補足する。

「販売も篠原製薬のチャネルを使うからです。いいか悪いかは別として、我々は製造から販売まで一括して篠原製薬にお任せなんですよ」

「パッケージはどうですか。パッケージには製造日が記載されているはずです。最初の生産分のパッケージを確認すればわかるはずです」

「初期ロットはとうに残っていません。プロリュードは消費期限が三週間と短く、過ぎた医薬は全て廃棄されています。市場を探しても残っているとは思えません」

「フラーリンにデータは何も残っていないのですか」

國広は渋い顔で頷く。

「全て篠原製薬に任せてしまっているので」

國広は反省している様子だった。

いくらなんでも、アウトソーシング先に依拠しすぎている。いくら製造技術をフラーリンで持っていなかったからといっても、篠原製薬にコントロールを渡しすぎだ。

黒崎がふと意見を述べた。

「パッケージの製造日をそのままプロリュードの製造ライン稼働日とは考えないほうがいい。パッケージの製造日は、品質検査まで全て終えた時の日付だ。つまり実際のライン稼働日より遅く記載される」

國広が、はっ、と頭を上げる。

「そうか、製造工程といっても、実際に出来上がるのは納品日よりもっと前だ」

黒崎の主張を要約すると、プロリュードの製造工程は大きく二つに分かれる。製造と、検査だ。製造されたプロリュードは然るべき方法で検査を通され、品質を確認してから市場に出される。

となると、検査の期間はカウントしなくてもいいのでは、という理屈だ。

未来は國広に訊ねた。

「品質検査にかかる時間は」

「篠原製薬によれば二、三日だと」

未来は医薬の製造工程には詳しくないので、驚いた。

「そんなにかかるんですか。篠原社長によれば、製造から検査まで四日との話でした。ほとんど検査に費やされるということですよね」

國広は頷く。

「品質をきちんと保証するためです、と。初製造の直前の打ち合わせで、篠原社長から直接言われましたよ。そもそもプロリュードは製造が難しいですし。変わった構造をしているわけですから」

　黒崎が呆れながら答えた。

「品質は担保するから作り方には一切文句を付けるなって話だ。それで出荷まで余分に時間をかけるってどうなんだとは思うがな。ただでさえ消費期限の短い薬だってのに」

かりに検査工程に二、三日かかるとしても、まだ五日には足りない。もう二、三日前には製造開始してくれていないと困る。

　未来は呟いた。

「いずれにせよ、正確な製造工程の稼働日は篠原製薬に訊くしかない、と」

國広は腕を組んで下を向いている。

「確認はしたい。しかし予想通りならまだ日にちが足りない」

　黒崎は即答した。

「やる価値はある。要は、プロリュードの発売日より五日前には工場の製造ラインが稼働していたらいいわけだよな。少なくとも製造工程は完成しているだろう。発売五日前だ、むしろ完成していなければ話にならん」

　國広も唸りながらも肯定する。

「たしかに、品質検査に二、三日かかる以上、出荷よりも早めに製造できていないと間に合わないな。検査を通らなかった分の補塡再製造も考慮するなら、黒崎の言う通り五日前には稼働しているはずだ」

　黒崎が頷く。

「あとは、篠原製薬が口を割るかどうか、だな」

　國広の表情が少し明るくなった。

「量産工程の中身を全部見せてくれというわけじゃない。きちんと説明して、必要最低限の情報だけ欲しいと要求すればきっと大丈夫だ」

「どうだかな。あの篠原のことだ。『それって製造ラインの中身を見せてくれと要求することと同じですよね』とか答えそうだが」

「篠原さんが協力してくれると信じよう。ただでさえ迷惑をかけているのは重々承知だが」

　黒崎の懐疑的な態度もわかるが、ここは他に手がなかった。

　未来は二人に向かって、告げた。

「いずれにせよ、篠原製薬が唯一にして最大の鍵です。今のところ、協力してもらう以外に途（みち）はありません」

2

その日のうちに篠原製薬に向かった。二度目の静岡だった。未来は國広と黒崎を連れ、篠原製薬に直接お願いに訪ねた。

一回目の訪問での参加者がそっくりそのまま同じ席に着いた。

社員の一人が答えた。

「お話は分かりました。しかしこちらの回答は同じです。工場内の製造工程に関する情報は、一切お教えできません」

「ましてや特許侵害の確認ではなく、証拠として使う？　冗談じゃない」

案の定、篠原製薬側の態度は冷ややかだった。

しかし、今回ばかりは退くわけにはいかない。

未来は社員たちに訊ねた。

「ラインの初稼働日ですら教えていただけないのですか」

別の社員の一人が答えた。

「伝票を見ればわかるでしょう」

國広が、すかさず訊ねる。

「伝票の日付は、検査工程まで完了した日ですから」

　未来も続いた。

「我々が知りたいのは、検査の直前まで、単にプロリュードを作るまでの工程の初稼働日です。製造して、その後検査には二、三日かかりますよね。検査まで含んだ日付ではないんです」

　篠原製薬側の回答は全く変わらなかった。

「お答えできません」

「なぜですか」

「お答えする契約になっていないからです」

　國広が首を傾げた。

「ラインの初稼働日ですよ。製造工程じゃない」

「お答えできるのは、最終製品の出荷日のみです」

　別の社員が答えた。

「國広さん、篠原製薬は医薬品の製造技術一本で食っているんです。工場の工程を見せることは、利益の源泉を捨てることと同義なんです」

國広の声色に怒りが籠(こも)る。

「ですから工程の中身ではないでしょう」

「日付を見せるだけで警告書を送ってきた特許権者たちは納得するんですか」

未来はこくこく頷いた。

「日付だけで納得します。特許出願日より先に製造ラインが初稼働していたのであれば」

答えた社員は首を振った。

「その後に特許を無効にする手続きを特許庁にするわけでしょう。だったら日付だけでなく、ラインの工程の詳細も特許庁に提示する必要がありますよね。無効手続きは中身が公開されますよね。それじゃ困るんですよ」

未来の頭の中で、花火が打ちあがったような感覚があった。

篠原製薬側が抱いていた疑念の正体はこれか。

「特許庁に何か手続きをする必要はありません！」

社員たちの表情が一斉に変化した。

「なぜですか」

「特許を無効にしないと意味がないでしょう」

「交渉の段階では、相手が納得すればいいんです。正式な無効手続きをしたかしないかは重要ではありません。三社の特許出願日よりも早く製造していたということが分かれば有力な証拠となります。こちらはいつでも無効手続きをする準備がある、裁判になったとしてもこちらが勝つことは間違いない、と、こちらが示して、それを相手が納得すればいいんです」

先程まで態度を硬くしていた社員の一人が、訊ねる。

「では、こちらで提供した情報は、内密にされると」

「むしろ、特許権者側は内密にしてほしがるでしょうね。こちらから取引を持ち掛けることもできます。たとえば『警告書を取り下げてくれるなら、無効手続きはしないでおいてやるし、稼働日の情報は決して誰にも伝えない。もしおたくらがその傷物の特許で他の会社を訴えたとしても、我々は一切関知しないし、ましてや訴えられた相手を助けることもしない』と契約するとか」

社員は驚いて訊ねた。

「そんな詐欺を見逃すような真似が許されるのか」

「まずは自分の身を第一に考えるべきです」

社員たちの間に動揺が広まった。未来の案は過激に聞こえたらしい。特許交渉において、この程度の取引なら日常茶飯事なのだが。

しかし、篠原製薬側が完全に態度を軟化させたわけではなかった。社員の一人が呟く。

「納得なんかするわけないだろう。私が特許権者なら、必ず何かしら文句を捻りだす」

他の社員も頷く。

「当然、何か反論はするだろう。例えば、証拠の客観性とか」

未来はすかさず答えた。

「文句があるなら反論してくるでしょうし、ない場合は以後音信不通になるのがほとんどです」

「相手がもう一度警告しなおしたらどうする」

「私が経験した限りでは、警告をし直されたケースはありません」

いい流れになった。未来は畳みかけた。

「相手が証拠に疑義を感じたなら、何か反論はするでしょう。しかし反論には証拠の疑義を示す証拠が必要です。通常であれば、提示できるとは思えません」

別の社員が文句を付けた。

「証拠の客観性が示せない。閉じた工場内で行われた工程だ。私が特許権者であれば、証拠の捏造がされていても確認なんてできないと文句を付ける」

「捏造するんですか」

「するわけないだろう」

「だとしたら、逆に相手にとっても文句を付ける程度の反論しかできないことになります。捏造と主張するにしても捏造の証拠は提示できないわけですから」

社員はそっぽを向いた。

「どうだかな」

次のカードを切ろう。未来は別の提案をした。

「でしたら、例えば検査工程の初稼働日はどうですか。検査日の証拠があれば、少なくとも検査開始までには製造工程は実施されていたことと同義です」

國広が未来に続いた。

「万が一、誰かに工程を見せることになったとしても、検査工程であれば製造工程を見せるのに比較して問題は少ないと思います」

國広の発言に対しては、社員の一人の怒りを買った。

「國広さんね、それ検査は重要ではないっておっしゃっていますよね。冗談じゃない、検査工程だって重要です。歩留まりに関わるんですから。製造工程と同じくらい大事なんですよ。検査工程だって企業秘密ですよ」

國広は気圧されて、謝罪した。

「申し訳ありません」

話し合いは消耗戦に突入しようとしていた。

未来はフラーリン側の要求を確認させる意味も含めて、訊ねた。

「参考までにお訊きしたいのですが、プロリュードの製造日は、問題特許の出願日より前ですか、後ですか。もし出願日より後であれば、いずれにせよ情報提供は不要です。反論材料に使うのは難しいので」

ここで、篠原社長が口を開いた。

「正確な日付は、製造ラインの稼働ログを確認しないとわかりません。わかりませんが、特許申請より前の可能性はじゅうぶんあります」

社員たちが騒めいた。

「社長」

「社長、どういうつもりですか」

腕を組んで下を向いていた篠原は、ゆっくりと顔を上げた。

「こちらで製造ラインの稼働ログを確認します。確認した日付が特許申請日より前であれば、稼働ログを納品書の付随資料という形でお渡しします」

未来は机に身を乗り出した。

「いただけるんですか」

「当事者以外には内密にお願いいたします。もし訴訟に発展するなどでこの事実が当事者以外にも伝わる事態になった場合、そのことについて弊社が受けた分の損害賠償を請求します」

篠原は國広に向いた。篠原の額には、汗が滲(にじ)んでいる。

「國広さん、かまいませんか」

國広は頷いた。

「かまいません」

「明日までお待ちいただけますか。フラーリンさん側が必要な情報を必要最低限だけ抽出し、その上公開しても自社に影響がないと社内で判断した上で、ご提供しますので」

未来は頭を下げつつも、さらに要求を積み増した。

「製造工程の初稼働日が、特許出願日より前か後かだけは、本日中にお知らせいただけますか。一番確認したいところは、そこなので」

「前後まで含め、明日です」

未来は早められないかと依頼しようとしたが、國広に遮られた。

「助かります。本当に、ありがとうございます」

篠原の声が上擦っている。

「まだお力になれるとは限りません。全ては正確な製造日の確認ができてからです」

別の社員が篠原に訊ねた。

「社長、よろしいのですか」

篠原は額の汗を拭った。

「弊社としてもリスクなのですがね。しかし、早めに手を打てるよう協力したほうがこちらのためと考えただけです。もしこのまま協力せずにフラーリンさんが特許訴訟をすることになった場合、我々篠原製薬への影響もゼロではなくなるでしょう。フラーリンさんに全ての責任を負ってもらったとしてもです」

3

光太の薬が切れるまであと八日

　翌日、篠原製薬より電子書類が國広のメールアドレスに送付された。

　未来はフラーリン本社の社長室にて、國広と黒崎と共に書類を確認した。

　黒崎が國広のデスクの上の大型モニターを覗き込む。

「なんの書類だこれ」

　未来は國広の代わりに答えた。

「篠原製薬が、プロリュードを製造する際に稼働させている医薬製造装置の稼働記録です」

「それはわかっているが」

　黒崎は呆れた様子で続けた。

「証拠になるのか。ほとんど黒塗りされていて、まるでのり弁だ」

　稼働ログは質素なプリントだった。Ａ４の縦の用紙に、プログラムの実行結果が一行ずつ印刷されているものだ。

　四分の三は黒く塗りつぶされている。マジックで塗りつぶした跡だ。きっと、一度プリントしたログを手書きで塗りつぶして、スキャンして電子化したのだろう。

　このやり方なら塗りつぶした場所は決して復元できない。

　未来は塗りつぶされていない部分を確認した。

「我々にとって必要な部分は読めます。見てください、まず医薬製造装置の型番です。型番から確認できますが、製造装置は他社から購入した装置ですね」

國広が呟く。

「《カルタゴン》社の調製装置か」

未来は訊ねた。

「有名なのですか」

「ドイツのメーカーです。製薬用機器の製造会社としては世界的に有名です」

黒崎が未来に訊ねる。

「証拠の客観性は」

「かなりありますね。篠原製薬が製造装置を全部ゼロから自前で作っていた場合に比べたらだいぶ客観的です。もっとも、この調整装置を大改造していたとかだと話は別ですが」

「肝心の稼働日は」

「ログの出力日時が記載されています」

三人は、掠れかけている一行を確認した。

國広の目が見開かれた。

「製造工程の稼働日は五月十八日。特許申請日の前日だ」

黒崎が薄く笑った。

「ぎりぎりだな」

國広が息を吐きながら椅子に凭れた。

「篠原製薬と打ち合わせてからこの五日間は気が気じゃありませんでしたよ」

未来はログの出力日時の記載されている一行を何度も確認した。

何度確認したか忘れたところで、息を吐いた。

「よかったぁ。正直なところ、ログなんて残ってないんじゃないかと思っていたんです。どんな工場か知りませんけど、工場の稼働ログを出すだけで大袈裟に悩んだりしないでしょう。やっぱり見せるのやめようとか心変わりして言い訳でも考えているのかと思いました」

國広は安堵のあまり小さく笑い始めた。

「黒塗りする部分を悩んでいたんでしょう。黒塗りされている部分は、装置を動かす際の設定パラメータでしょう。我々にとっては不要ですが、篠原製薬にとっては秘匿したいノウハウの塊でしょうから」

篠原製薬社内の光景が目に浮かんだ。黒いサインペンを握った社長と役員たちが集まってぎゃあぎゃあ話し合いながら書類を塗り合う光景が。

　未来は、怪しく笑う國広を眺めながら答えた。

「となると、篠原製薬は特許申請日の前日にプロリュードを製造し、その後四日間かけて品質検査を行い、出荷したということになりますね」

　國広が首を傾げた。

「検査日数が少し長いな。検査工程も初稼働だったわけだから、調整に時間がかかったのか」

　黒崎がデスクに腰を掛ける。

「検査もいいが、ちゃっちゃと終わらせてばんばん出して欲しいもんだ」

　國広が反論する。

「自分が患者だったら、きちんと検査して不良品なんか飲ませないでくれって思うだろう？」

「それは当然だな」

　黒塗りの書類を前に、國広、黒崎と未来はしばらく笑い合った。

　黒崎が笑いながら未来に訊ねる。

「プロリュードの製造が止まってから何日経ったった」

「四日ですね」

「警告書への応答期限まであと何日だ」

「一週間以上ありますね」

「余裕だな」

　未来は頷いた。

「では、この稼働記録をもとに、特許権者三社分の返答書を作成します」

　黒崎が上機嫌で命じた。

「プロリュードの製造を止めていることをきちんと書いてやれよ。『貴社らの警告のために弊社は患者に薬を届けることができないでいる。患者の命に関わるため、警告を取り下げる旨の返答を即日にされたし』とかなんとかな」

「いいですねそれ。そのまま書いてやりましょう。國広さん、篠原製薬への製造再開の連絡は、警告書の取り下げがあった後でかまいませんか。相手方はすぐに返答すると思いますし」

　國広は席から立ち、未来に深々と頭を下げた。

「それで問題ありません。よろしくお願いいたします」

4　光太の薬が切れるまであと五日

異変は応答書を送った三日後に起こった。

朝、國広から連絡を受けた未来は、フラーリンに至急向かった。

社長室では、國広と黒崎が待っていた。

二人とも、神妙な面持ちをしている。

デスクの上には、封筒が三通載っている。未開封だ。

國広が緊張した表情で未来に伝える。

「特許権者たちからの返答書です」

即日ではなかったが、三日での返信であればかなり早い。

内容を確認しようと封筒を手に取ろうとした。未来は掌にぴりぴりとした圧力を感じた。

嫌な予感、だろうか。

封筒を一つ開封し、中身の書類を取り出す。

ひらっと、紙が一枚床に落ちた。

國広が拾い上げて、中腰のまま固まった。

「これはどういうことだ」

黒崎が上から覗き込む。

「カルタゴン社から篠原製薬に納品された調製装置の納品書のコピーだ」

未来も加わって観察する。

声が裏返った。

「納品の日付が、五月二十一日？」

黒崎が声を荒らげた。

「篠原の文書では五月十八日だったよな。ありえない、話が違うじゃないか」

未来は取り出していた書類の中から応答書本文を探し出し、主張の部分を読み上げる。

「『機器の供給より前に製造ラインが稼働することは不可能である。フラーリン及び篠原製薬の行為は証拠偽造にほかならない』」

応答書を読んで、これがアンジェリカからの応答書だと理解した。

急いで他の二つの封筒も開封する。

「特許権者三社とも、全く同じ納品書のコピーを封入しています」

フィンネルからも、田村製薬からも同じ内容の応答書が送られていた。

未来は、慌てた末にさっき開けたアンジェリカの封筒と間違えたのかと思った。

間違いではなかった。同じ納品書のコピーが三通手元に残った。

國広は床に座りこんでいた。

「そんな」

お互いの主張に矛盾が生じている。

手元の納品書のコピーを眺めた。

可能性として考えられるパターンは二つ。一つは、この納品書が偽造であるケース。

もう一つは。

「篠原製薬が、嘘をついていた？」

思い返せば気になる点はたくさんある。

特許権者三社は、そもそもどうやってドイツのメーカーの納品書なんて入手できたのか。こいつらは裏で協力関係にあるのか。もし納品書が偽造だった場合、なんで三社同時に偽造したのか。

納品書が本物だった場合、篠原製薬はなぜ嘘をついたのか。

篠原製薬が嘘をついていた場合、どうなるのか。

　未来は呟いた。

「まずいわ。状況が悪化した」

　黒崎が静かに訊ねた。

「悪化したってどういうことだ」

「フラーリンは自らの特許侵害を自白したことになりました」

　私の書いた返答書のせいで。

　黒崎が國広に怒鳴る。

「篠原に至急確認だ。あの野郎」

5

　午後一時過ぎ、未来たち三人は篠原製薬本社に到着した。三度目の訪問だった。

　受付では「社長は留守」だと追い返されそうになったが、未来たちは「戻ってくるまで待つ」と言い、受付の前でずっと待っていた。

　一時間後、未来たちは同じ会議室に通された。出席者は誰もいない。

待っていると、篠原が現れた。スーツ姿だった。

篠原は、会議室の議長席に座った。

「アポもなしで押し掛けるとはどういうことですか」

未来たちは挨拶などする気が起きなかった。黒崎は会議室の机に腰かけた。國広はじっと篠原を睨んでいる。

未来はすぐに本題に入った。

「いただいた調製装置の稼働記録について質問があります。カルタゴン社製の調製装置を使われているので間違いありませんか」

篠原はしゃっくりをした時のような声を小さく上げた。

「お送りした稼働記録から調べたのですね。うちの調整装置はずっとカルタゴンです。先代が三十五年前に篠原製薬を創業して以来、調製装置はカルタゴン以外使っていません」

「直近で製造装置を購入していますよね。具体的には、五月二十一日に」

篠原の顔が青ざめた。

「なんの話ですか」

「質問に答えてください」

篠原はしばらく黙って、未来を睨みつけた。

「お答えする義務がありますか」

黒崎が声を荒らげた。

「この期に及んでその言い草はなんだ！」

未来は同じくらい強い口調で告げた。

「特許権者からの返答書によれば、カルタゴンの調製装置を導入する前にログが出せるはずがないとのことです」

篠原の呼吸が荒くなった。

「話を聞いていましたか。昔からずっとカルタゴンの調製装置を使っていると申したでしょう」

未来は封筒を机の上に滑らせた。

「納品書のコピーです。篠原さんもお持ちですよね、受け取り時の控えを」

篠原は封筒を開き、中身を見て固まった。

「どうやってこれを」

「特許権者に訊いてください。それで、調製装置を購入したのは事実ですね」

篠原は必死になって言い訳を見繕っている様子だった。

「新しい調整装置に交換する予定でしたから。使っていた調製装置は古くなったんです。十年前にカルタゴンから購入したもので、サポートが終了するとのことでしたから」

「プロリュードの製造は新しい調整装置で行ったのですか」

「いいえ。十年前の古い装置で製造しました。新薬の製造ラインを立ち上げるときに、不慣れな新装置を使うはずがないでしょう」

未来は別の封筒を取り出した。

「いただいた稼働記録です。赤丸を付けた部分を見てください。調製装置の内部プログラムのバージョン番号です。1.5.6bとありますよね」

デスクに滑らせた。篠原は封筒の中身を取り出し、ログの該当部分をじっと見た。

「このバージョンは、篠原さんが五月二十一日に購入した最新の調製装置でのみ使われているプログラムです。十年前の調製装置ではこのプログラムは動きません。装置がプログラムに対応していないんです」

篠原の、ログを持つ手が震えている。

「カルタゴンのサポートに確認しました。以前の装置では、プログラムがバージョン1.2.0zまでしか対応できないとの話です。古い調製装置でどうやって五月十八日に

1.5.6bのログを出すんですか」
國広が唐突に訊ねた。冷たい声だった。

「納得のいく説明をしてください」

未来は篠原に近寄った。

「答えてください篠原さん。あなたのせいでフラーリンは本来であれば敵に知らせなくていい情報を知らせることになったんです。これが裁判だったらこの瞬間に敗訴ですよ」

國広が続けた。

「我々は御社を訴えることも辞さないつもりです」

未来は篠原に静かに訊ねた。

「フラーリンに送った稼働記録は、捏造ですね」

三人は、篠原が答えるまでずっと待った。

やがて篠原が呟いた。

「すまなかった」

言いたいことは百あったが、未来はありきたりなセリフしか思い浮かばなかった。

「すまないで済むとお思いですか」

國広が訊ねた。

「どうして稼働記録の捏造をしたのですか。特許出願日に間に合っていなかったのなら正直におっしゃっていただければ済んだ話でしょう。特許侵害の責任は篠原製薬にはないんですから」

答えは黒崎が代わりに提示した。

「言えるわけがないよな。初期ロットは品質検査を全部省略したなんて」

篠原の体がびくっと跳ねた。

國広は怒りと悔しさが混ざった表情で頷いた。

「変だなとは思っていました。製造ラインの技術情報ならまだしも、初稼働日を出し惜しむなんておかしいですから。だって、ただの日付ですよ。きっと何かあると思っていました」

未来は、篠原の胸倉を掴みたい気持ちを抑えて訊ねた。

「最初から説明してください。あなたにはその義務があります」

篠原はぽつぽつと話し始めた。

「プロリュードの量産は困難を極めました。國広さんには大口を叩いたが、量産技術が確立した時期は納品期限の三日前だった」

國広が驚いている。

「そんなに困難だったのですか」

「薬粉の粒径がコントロールできないのです。國広さんが開発した試験管で作る方法では均一になるのに、機械を通すと粒径が想定の数百倍から千倍くらいの塊ばかりゴロゴロできるんです。これでは成分が患者の体の隅々にまで行き渡らない。血管の途中に引っ掛かります」

國広が訊ねる。

「原因は最終的には特定できたんですよね」

「膜分離プロセスが原因でした。要するに、調製装置の中で化学分子をふるいのようなものにかけて粒径の小さい粉のみを取り出すのですが、ふるいの穴が大きく広がり過ぎていたんです。わかってしまえばどうってことないのですが、そこに辿り着くまでが地獄でした」

「つまり、カルタゴンの装置が原因だったと判明したと。どうやって気付いたのですか」

「うちの量産プロセス技術者の一人に元カルタゴンの研究者がいます。彼の話ですから間違いはありません。経年劣化しにくいと言われていたふるいだったのですが、それが劣化していたとの結論になりました」

國広の質問は続く。

「だったらふるいだけ取り換えればよかったのでは」

「カルタゴンにもう部品がないとのことでした。カルタゴン側もコスト削減のために古い機種は交換部品を全部廃棄して、最新装置の購入を促すことにしているそうです」

調製装置に限った話ではないだろう。古い機種の部品を持ち続けることはメーカーとしては好ましくない。

未来は話の先を促した。

「で、急いで最新機器を購入したと」

「カルタゴンの日本代理店に連絡したところ、最新機器なら即日で納品できると言われました。いずれ導入する予定だった装置です。購入するしかありませんでした」

「新薬の製造ラインを立ち上げるのに新しい装置を使うわけがないとおっしゃっていましたよね」

篠原は遠い目をした。

「量産技術者全員が徹夜で作業しました。あれは辛かった。二度と量産委託なんて引き受けたくないと思いましたね」

國広は頷きつつ訊ねた。

「最終的に、プロリュードの工場的製造に成功した日はいつだったのですか」

「五月二十二日です」

三人全員が驚いた。

未来は咄嗟に訊ねた。

「発売日の前日？」

篠原は頷いた。

「正確には、納品数量を全て製造し終えたのは、二十三日の未明でした」

「検査には二、三日程度かかるんですよね。検査も含めて終わったのが未明ですか」

黒崎が吐き捨てるように答えた。

「検査なんかできたはずがないだろう」

篠原は必死に言い訳した。

「サンプリング抜粋して、短時間でできる簡易的な検査はしました。クラスター粒径は全て國広さんの要求通りの粒径内に収まっていました。理論上問題はないと確信していました」

黒崎は篠原に詰め寄った。

「だからって検査工程を省略したのか」

「粒径は均一だったと申しています」

國広は手で口元を覆った。

「まともに品質検査もしていない薬が世に出回っていたのか」

黒崎は今にも篠原に摑みかかりそうだった。

「全品検査が必須だ。人の体に入れるんだぞ」

篠原も抵抗する。

「初期ロット以降のロットでは検査を行っています。そもそも初期ロットだって何か問題はあったのですか。患者に害があったとの報告はあったのですか。あったとして、プロリュードが原因だと証明されたとでもいうのですか」

「何が品質については責任を負うだ。まともに品質検査もしていない医薬をフラーリンのロゴを付けて売っておいて」

「そんなに気に食わないなら自分で量産すればいいでしょう」

ここまでわかれば、目的は達成できた。

未来は、最後に確認するつもりで訊ねた。

「古い調製装置では、プロリュードは量産されていなかったのですね」

篠原は息を整えながら、答えた。

「できていません」

「部分的にでも、作られていたとはいえませんか」

篠原は即座に否定した。

「古い調製装置で製造した薬粉粒径は、國広さんから要求されていたサイズの三四二・七九倍でした」

國広は首を振った。

「そんな大きさじゃ患部にまで届かない。血管の中で何かにぶつかって勝手に分解するだろう」

未来は篠原から封筒を全て取り上げた。

「わかりました」

6

帰りの社用車の中で対策を練ったが埒が明かず、未来たちは足柄サービスエリアで降りてフードコートに入った。

時刻は午後三時を回ったところだ。

國広が力なく訊ねた。

「今、我々はどれくらい危険な状態ですか」

未来は控え目な予測を答えた。

「特許権者としては、今すぐ訴訟を提起してもいいくらいです。被疑者側が証拠の捏造までしたんですから」

三社の応答書には、特に何をするとは書いていなかった。つまり、何をされてもおかしくない状況だ。

黒崎が足をゆすりながら答える。

「もうこれについては篠原製薬に全て責任を負ってもらうしかないだろう。本来なら俺たちが篠原に損害賠償請求をしたっていいはずだ。奴らの捏造証拠でフラーリンが損害を被ったってな」

國広は窓の外を見ていた。

「篠原製薬を今どうこうする気はないよ」

黒崎が驚く。

「なんでだ」

「篠原製薬以外にプロリュードを製造できる製薬会社はないんだ」

國広の視線の先を未来は見た。富士山がきれいに見える。

國広は遠い目をしたまま続けた。

「不幸中の幸いは、未検査のプロリュードに基づく被害が報告されていない点だ。篠原社長の話の通り、実際にクラスター粒径は均一だったんだろう。薬効もあった」

「また検査を省略するような事態が起きたらどうする。不正はゴキブリと同じだ。一つ見つかったのならあと五十は見つかる。あんな信用ならん奴らにお前の息子の薬を作らせていていいのか」

「だったら他にプロリュードを作れる製薬会社を見つけて来い！」

未来は咄嗟に間に入った。

「落ち着け！」

周りの客の視線が集まった。未来は咳払いをした。

「警告書の話と、篠原製薬の品質管理の問題がごっちゃになっています。今は警告書対応に関することだけを話しましょう」

黒崎の怒りは未来に向けられた。

「元はと言えば、あんたが篠原製薬に量産工程の稼働日を確認しようとか言い始めたのが原因じゃないのか」

「他に手段がなかったんだから仕方がないでしょ」

國広は肩を落としたまま呟いた。

「プロリュードを特許で訴えたところで、そんなに利益なんて得られないだろうに」

そうなのだ。國広の疑問は、未来もずっと感じていた。

特許権者は警告書を送る相手を選ぶ。警告書を送る相手は大金が取れそうな相手の場合が一般的だ。正義のために利益度外視で警告書を送るような特許権者は皆無といっていい。

「気になってはいたんです。なんでフラーリンなんだろうと。なんでプロリュードなんだろうと」

國広は顔を伏せたままだ。

未来は続けた。

「言い方は悪いのですが、國広さんのおっしゃる通り、プロリュードがそこまで旨味のある薬だとは思わないんです。FJAP患者数は日本国内でも千人程度。マーケットが小さすぎます。現に大手製薬会社はFJAPに関する薬を開発していません」

黒崎は紙コップのコーヒーを飲みながら答えた。

「難病に限定するとしても、もっと患者数の多い病気はいくらでもある。ＦＪＡＰにこだわる理由はないな」

　まともな対応手段がなくなった今、逆に未来の意識はプロリュードの周辺、本筋ではないところに向けられた。

「例えば、プロリュードをＦＪＡＰの治療以外に転用できたりとかしますか」

　國広は首を振った。

「現状、転用の可能性はありません。プロリュードはＦＪＡＰだけを治療するために作られた薬ですから」

　今まで考えなかった分、疑問が口からどんどん出てきた。

「フィンネル、田村、アンジェリカの三社から、恨みを買った覚えはありますか」

　國広は不思議そうな表情をした。

「質問の意図は」

「まともな手を打てない以上、違う角度から対応策を考える必要があるからです」

「まともな手、って」

「特許権者三社の意図を知りたいんです。経済的利益が目的でなければ経済的利益以外が目的になるからです」

「そりゃそうですが、知ったところでどうするんですか」

「目的がわかれば、全く次元の異なる対応策を立てられます」

國広は呆れた様子で答えた。

「単に、成長の余地のある芽を若いうちに摘んでおきたいだけでは」

黒崎が口を挟んだ。

「フラーリンを潰したいって意味か？　そんな恨みを買った覚えはない」

未来はテーブルの上に上半身を乗り出した。

「例えば買収を狙っている可能性はないでしょうか。フラーリンを弱らせて買収しようとしているとか」

黒崎は冷静だった。

「逆効果だ。警告書を送りつけてくるような会社に身売りするわけないだろう」

國広に訊ねた。

「三社の関係者と接触したことはありますか」

國広は首を傾げた。

「医薬業界関係の展示会や交流会で名刺を交換したことはあります。でもそれ以上の繋がりはないですね」

「いっしょに飲みにいったりとか、食事をしたりとか」

「同業者間で接待はないですよ。大手製薬会社の人間は顧客と食事や飲み会をするものです」

同業者間、と聞いて未来は閃いた。

「では特許権者三社、フィンネル、田村製薬、アンジェリカの繋がりについて何か聞いたことはありますか。この三社は互いに情報を共有し合っています。同じ納品書のコピーを提示していますから。競合他社同士でこんなあからさまに協力するのは変ではありませんか」

國広も頷く。

「それは私も気になっていました」

「嫌がらせの可能性は。ひょっとしたら、今回の問題は営業妨害とか恐喝とかの枠で考えたほうがいいのではありませんか。特許侵害の枠組みではなく」

國広は否定した。

「大手上場企業が社名を懸けてまで嫌がらせをするとは思えません」

だったらいったい、今回のケースは何なのか。

黒崎が未来に訊ねた。

「直接話を訊いたほうがいいんじゃないか」

　未来は首を横に振った。

「話し合いは難しいでしょう。返答書には交渉には一切応じないとの文言がありましたから」

　ところで、未来にはまだ切っていないカードがあったことに気づいた。

　正確には切る理由がなかっただけだ。正攻法が尽きた今なら、切る理由がある。

　未来はPCを開き、《夏目・リバース・エンジニアリング》の夏目守太郎を呼び出した。

　夏目・リバース・エンジニアリングは技術に関する調査を専門とする事務所だが、業種としては興信所だ。所長の夏目は技術全般に関して強いが、通常の興信所としての調査能力も高い。警告書の送り主の背後関係などを調べる際に役立つ。

　夏目に繋がると、テレビ会議の画面には、よくわからない電子基板やモニターの積み上がった汚い事務所の背景と、サングラスにアロハシャツ姿の夏目が映った。

　未来は挨拶代わりに夏目に告げた。

「背景にフィルタをかけない理由は宗教的なものなの」

『未来さんどうも。事務所が散らかっているのは、それだけ忙しいって意味です』

スピーカーからかちゃかちゃとキーを叩く音が聞こえる。夏目は夏目で作業をしていたようだ。

國広と黒崎もディスプレイを覗き込んでいる。

夏目はキーを一心不乱に叩いている。

『その方たちは』

「クライアント。今から相談があるんだけどいいわよね」

『俺も今忙しいんですが。そちらも緊急ですか。未来さんが余裕をもって依頼をしてくれたことはありませんでしたね』

スピーカーからハスキーな声が聞こえた。

『所長、今戻りました』

二十代前半だろうか、金髪のロングヘアに野球帽をかぶった女の子が夏目の背後を通った。

「今の子、誰」

『所員の百地(ももち)です。最近雇ったんですよ』

夏目はかなり忙しい様子だ。基本、一人で仕事をする夏目が、所員を雇うとは余程のことだ。しかも夏目が雇うくらいだからかなり優秀なのだろう。

しかし未来は気にせず、一方的に事情を説明した。その間、夏目はずっとキーを叩いていた。

説明が終わると、夏目が答えた。

『いくら調べても、当たり前の情報しか出てきませんでした。その問題特許三件の発明者はほぼ全て恩沢大の医学部ＯＢかＯＧというくらいです』

他の作業をしていると思ったら、夏目はこちらの話に基づき情報を集めてくれていたらしい。

未来は驚き、ＰＣを操作した。別のウインドウで特許公報を開く。

「初めて聞いたわそれ」

異なる三社がそれぞれ保有する特許の発明者が、全員同じ大学の医学部卒業生とは珍しい状況だ。工学部のように人数の多い学部ならまだわかるが、医学部となると話が変わってくる。

というのも、医学部生はそもそも人数が少ない。例えば東大の毎年の入学者数は約三千人だが、そのうち理科Ⅲ類、医学部はたった百人だ。

これは単なる偶然だろうか。

夏目はずっとキーを叩いている。

『発明者の名前でネットを調べれば、情報は出てきます。恩沢大の論文データベースに発明者名で卒論が挙がっていたりしますから」

國広が驚いている。

「相談してからまだ五分も経っていないのに」

夏目は反則級の凄腕エージェントである。

未来は夏目に訊ねた。

「医学部卒、それも恩沢大よ。医学部卒のキャリアパスはよく知らないけど、医者をやらずに製薬会社に就職するってキャリアとしてありなの」

『俺に訊くより、そこのお二人に訊いたほうが早いと思いますが、まあいいでしょう。現状、製薬会社が、臨床経験を数年以上有する医師を中途採用するケースはあります。問題特許三件のうち、二件の発明者は臨床を経験してから製薬会社に転職していますね』

「医学部に入る人間はみんな医師になるために入ったものと思っていたけど」

『医学部卒のみんながみんな臨床にこだわっているわけではありません。公務員、厚生労働省の医系技官をやるとかのパスもありますし』

「学費、返せるのかしら。恩沢大は私立だから、かなり学費がかかっていると思うけど」

『私立の医学部だと、卒業するころには払った学費で家が建つとか言いますよね。まあ普通の医師をやるより年収は減るでしょう。でも恩沢大卒だと話が違ってきます。特に製薬業界だったら、恩沢大卒の医師はいい待遇で仕事が見つかりますよ』

「医薬業界では、恩沢大の派閥が幅を利かせているの？」

『特許権者の一社、アンジェリカ・上杉社はいい例です。中間管理職以下は薬学部卒でも部長以上は元医師ばっかり。しかも上位経営層になればなるほど、恩沢大医学部卒の割合が増えますね』

「発明者がほぼ全て恩沢大卒って話だけど、恩沢大卒でない発明者は誰？」

『アンジェリカの特許の発明者です。名前は佐伯洋子。この名前は恩沢大のデータベースでは出てきませんでした。ただ、名前が洋子の医学部卒業生は三人います。結婚して苗字が変わった可能性もありますね』

不意に、横から声がした。

「佐伯洋子も恩沢大卒だ」

振り向くと、黒崎が神妙な表情でディスプレイを見ていた。

黒崎は、ディスプレイを見ているが、その視線はディスプレイのもっと奥、遠くに飛んでいるように見えた。

なんでそんな表情をしているのだろう。

未来は呼びかけた。

「黒崎さん」

黒崎は呼びかけを無視して答えた。

「倉敷(くらしき)洋子だ。佐伯の旧姓だ」

夏目のキーを叩く音が止まった。

『黒崎さん、でしたか。今なんておっしゃいましたか』

「夏目、倉敷洋子で調べられる?」

またキーを叩く音が聞こえた。

『います。三人いる洋子のうちの一人です』

黒崎は未来を押しのけてディスプレイに顔を近づけた。

「夏目さん、今から伝えるサイトを見てくれ」

未来は即座に夏目に命じた。

「言われた通りにして」

『わかりました』

黒崎の指示を受けた夏目はすぐに答えた。

『恩沢大医学部卒業生名簿ですか』

「IDとパスワードを教える。入ってくれ」

『入れました』

「『根室研究室』で、発明者の名前を検索してくれ」

夏目は手を口元に当てて、モニターを凝視している。

ぎゃりぎゃりぎゃりと、マウスのホイールを回す音がスピーカーから響く。

『発明者が全員いますね』

未来は黒崎に訊ねた。

「どういうことですか」

「黒幕がわかった」

「は？」

「ただ、そいつの狙いが何かは全く不明だ。不明だが」

黒崎の眼鏡のレンズに、ディスプレイの光が反射している。

黒崎は静かに答えた。

「いずれにせよ、それには確実に俺が関係している」

第三章▼
恩沢大学医学部の日常

1

恩沢大の学食で、黒崎恭司——当時二十六歳、恩沢大医学部の博士課程所属——は、同期の加納征史（かのうまさし）と昼食をとっていた。

加納がカレーライスを食べながら、黒崎に訊ねた。

「黒崎、薬学部にいた『クニエモン』の噂、聞いたか」

黒崎は専門書を読みつつ、あんぱんを食べつつ答えた。

「國広一心だろう。大学入学時の学部ごちゃまぜのオリエンテーションで話をしたことがある」

「俺もいっしょのチームだったよな」

「在学中に遺伝子検査ベースのカスタマイズ・サプリメント・サービスで起業したと聞いた。羨ましい話だ。薬学部のカリキュラムは学生が会社を立ち上げられるくらい暇みたいだからな」

「妬（ねた）むな。たしかに薬学は俺たち医学のように夜勤はなかったわけだし、何かにつけ大学側にこき使われることもなかったわけだが」

「お前のほうが妬んでいるように見えるがな。で、國広がどうしたって」

「在学中に、既に次のビジネスのターゲットを見つけていたって話、知ってたか」

喋りながらあんぱんを食べ終えた黒崎は、カレーパンの袋を開けながら答えた。

「シリアル・アントレプレナーの考えることなんざ、シリアル・マーダーの考えと同じくらいわからんよ。そもそもそいつに興味がないしな」

加納が身を乗り出した。

「ＦＪＡＰだ」

読んでいた参考書が、自然に閉じた。

「サプリの次は難病治療薬か」

加納は得意気に頷く。

「しかも試験薬の開発は終えていて、現在治験者を探しているんだとさ」

ふん、と黒崎はカレーパンに嚙り付いた。

「どうやって治療薬成分の合成にまでこぎつけたのかは知らんが、サプリメントの開発からいきなり治療薬とはずいぶん大きく出たな」

「國広から何かコンタクトはあったか」

黒崎は加納の質問の意図がわからなかった。

「オリエンテーションで話した程度なのにあるわけないだろう」

「FJAPといえば、お前の所属する根室研究室の根室教授だろう。根室教授の最近の論文が話題になったよな」

黒崎はカレーパンを咀嚼しながら、参考書を開いた。

「根室研究室では別に珍しい話じゃない」

加納は大げさに椅子に凭れた。

「はー。そうだよな。根室研究室にとっては大した話じゃないよな。そこでエースやってるお前にとっては全く大した話じゃないよな」

加納はうるさい奴だった。

「俺は忙しいんだ。愚痴か世間話なら他所でやってくれ」

「もし、クニエモンから引き抜きの話があったらお前どうする」

黒崎は加納を睨んだ。

「俺にか？」

「ああ」

「なんで俺が」

「メディカル・ドクターだよ。臨床医に比べたら儲からないが、臨床よりはるかに楽だぞ」

「臨床もメディカル・ドクターもどちらも興味がない。俺は研究で生きるんだからな」

「研究じゃ食えないだろう。大学の研究医じゃ年収はそこらのサラリーマンと変わらない。年収が大きく変わるとしたら教授になった後だ」

「なればいいだけだ」

黒崎はカレーパンを口に押し込んだ。

加納は半眼で黒崎を睨んだ。

「寝言は寝てから言え。だいたいそんな経済的余裕はないだろう。学費ローンの返済だってある。言っていいのかわからないが、お前の家、そんなに金持ちじゃないだろう」

「失礼な奴だな。お前だって貧乏だろうが」

「ああそうだ。俺もお前も同じ貧乏な生まれだ。もっと金にがめつくたって罰はあたらん」

「説教をしに来たのか」

「本気で大学の中で生きていくつもりか」

「二か月後には助教だ。まずは最速で准教授を目指すかな」

「お前が優秀なのは本当によく知っている。だが偉くなってどうするんだ。出世競争を勝ち抜いて、最後は大学の医局を牛耳る気か。根室二世にでもなるつもりなのか」

黒崎の所属する根室研究室の教授、根室寧志は、難病治療の権威であり、恩沢大を裏でも表でも操るドンと呼ばれている。実際、根室教授は学内外、医学会でも名が通っている。

黒崎はふと笑った。

「根室二世、か。悪くないな」

加納は呆れて答えた。

「お前な、あの根室教授に一目置かれているからって調子に乗るなよ。大学内での出世競争は激しいぞ」

黒崎は参考書から目を離さずに訊ねた。

「まるで見てきたような物言いだが、お前はどうなんだ」

「出世競争なんぞクソくらえだな。もしクニエモンのフラーリンからお声がかかったら、その場で承諾する。で本当のところどうなんだ。俺は誰にも言わないさ。本音を聞かせろよ」

黒崎はつるつるの顎を人差し指と親指で撫でた。髭は一日三回剃っている。医者たるもの清潔でなくてはならない。

「ここでの研究以外は、興味がないな」

加納は頭をぼりぼり掻いて、残念そうに答えた。

「だそうだ、國広」

黒崎はふと顔を上げた。

隣に國広一心が立っていた。

「やあ黒崎。オリエンテーションぶりだね」

國広は学食を見渡した。

「懐かしいな。二年前の卒業以来、大学には一度も戻っていないから」

黒崎は状況がわからず、加納に訊ねた。

「おい加納、どういうことだ？」

「クニエモンが、お前に興味があるんだとさ。ＦＪＡＰの専門家が欲しいらしい」

黒崎は、國広と加納を交互に見やった後、参考書に視線を戻した。

「ＦＪＡＰの研究者なら探せばいくらでもいるだろう。俺はまだ駆け出しのぺーぺーだ」

「あの根室研究室生だ。じゅうぶんだよ」

「研究室の名前だけで判断するのか、実績よりも」

「若くて優秀なやつが欲しいんだ。メンバーの年齢層を高くしたくないんだ。新しいことをしにくいから。実績なんてこれから作ればいい」

黒崎は参考書から目を離さずに答えた。

「同じ年度の入学だった奴に、若くて優秀なやつ呼ばわりされるとはな。ずいぶんと生意気な言い分で。さすがは社長様だ」

加納が窘める。

「黒崎、言い方を考えろ」

「悪いが俺は外に出る気はない。研究の道でずっと生きていくつもりだ」

國広は明るい声で答えた。

「そうか。わかった。もし気が変わったら言ってくれ」

参考書で覆われた視界の隅で、國広は背を向け、一度振り返った。

「いつでも待っている。十年後でもいい」

言い残して、去っていった。

黒崎は参考書を捲りながら呟いた。

「十年後も自分の会社があると思ってんのかね」

加納がテーブルを回って黒崎の側にやってきた。

「せめて待遇くらい訊いておけよ。一瞬で気が変わるかもしれないだろ」

「お前はクニエモンの手下か何かか？　それとも転職エージェントか？　俺を引き抜いたらお前は國広からいくらもらうんだ」

「単なる善意だ。國広とはこの前の学会で会って話をした。お前の話をしたんだよ。あの厳しい根室研究室で頭角を現しているってな」

黒崎は加納を睨んだ。

「勝手に人を学外に売り込むんじゃない」

「悪い話じゃないと思ったんだがな。國広は学会にも出るような殊勝な経営者だ。思ったよりまともな奴だと感心したんだよ」

空の食器の載ったトレイを持った白衣のひょろっとした男が、黒崎のいる席の通路を通った。同じ根室研究室の中牟田（なかむた）だ。中牟田は黒崎の三つ上で、根室研究室で助教を務めている。

中牟田は黒崎の側を通るときに、黒崎に呼びかけた。

「黒崎、報告会、始まるぞ」

「わかりました」

黒崎は参考書を閉じ、パンの袋をくしゃっと丸めた。

席を立ち、加納に会釈をした。

「もう行く。今から週一開催の地獄を見ないといけないからな」

2

わかりやすく説明すれば、根室研究室は難病全般を内科的に扱う研究室だ。本来であれば、研究室一つにつき一つの病例、くらいまで研究対象は専門化するものだが、根室研究室は「研究対象は選ばない、難病である限り」と言われている。これは根室教授が扱える研究対象が異常なまでに広くかつ深いせいでもある。

根室研究室の研究内容の特徴は、単純治療法だけでなく、治療薬の研究までも含まれる点だ。外科的治療を伴わない以上、治療薬による治療がメインとなる。

根室研究室では週に一度、各研究医が一週間の研究進捗を報告する会がある。

恩沢大に限らず、医学部の研究室の研究進捗報告とはあまり楽しくないものだ。しかし根室研究室の報告会は、学内でも恐怖の対象として伝えられている。

報告会では、根室教授が一人一人直々に研究進捗を評価する。質問は厳しく、中には泣き出す研究医もいる。

　研究室生は全員で十一人。うち、准教授一人、助教が二人。他は博士課程所属の学生だ。

　黒崎は今年度から助教になる予定だ。キャリアとしては最速だった。

　報告会の開始五分前には、会議室に根室を除く研究室メンバーの全員が着席していた。

　開始時刻ちょうどに、根室は会議室に入った。

　メンバーは全員起立する。

　根室は貫禄のある体躯をしていた。薄くなった灰色の髪を後ろに流し、目は見開かれている限り常に何かを精査しているように鋭かった。顔の線は細く、皺が細かく散りばめられている。

　紺色の無地のネクタイに白衣姿の根室は、研究室生が一礼すると着席した。

　根室の、はっきりとした声が重く響いた。

「報告会を始める」

　座っている順に、一人一人、一週間分の研究内容と成果について報告を行う。

　根室は研究室生の発言が終わると同時に、違和感のある点を矢継ぎ早に質問し、不足や不備を確認していく。

「実験報告書は今日中に書き直せ」

根室は疲れた表情の研究室生に指示をし、次の研究室生の質問に移る。

これが一人に対して十五分、長いと一時間ずっと続く。

本来、報告会は二時間の予定だが、現実には半日かかることがほとんどだった。十一人もいるのだ。

次の研究室生に順番が回った。

研究室生から、検査の趣旨と検査工程が説明された。根本は使用される検査項目について質問した。

研究室生はノートを開こうとした。

根本が怒鳴った。

「全部覚えて来い！　患者の前でノートを開く気か！」

次は黒崎の番だった。

黒崎の研究内容は、今後行われる予定の、とある難病治療薬の治験についてのシミュレーションだった。治験は准教授の江本（えもと）が責任者となって行っている。

もし治験を行った場合、治験者にどんな検査を行いどんなデータを集めるのか、集めたデータはどう分析するのか、分析結果はどうなると予測されるか、などを纏めるのが黒崎の当面の研究内容であった。なお、黒崎の治験参加の許可は、まだ根室と江本から出ていない。

根室が次々と質問をする。黒崎は予め想定していた答えを諳んじた。

根本は黒崎に「使い道のないデータを集めているように見える」と指摘した。黒崎は全て理由を付けて説明した。

質問と回答の応酬がどれくらい続いただろうか。

根室はしばらく黒崎を睨みつけた後、根室の隣に座る江本に静かに告げた。

「江本君、今度君がやる治験、黒崎も参加させなさい」

黒崎は思わず声を出した。

「えっ」

研究室メンバーが一斉に騒めいた。

江本が根室に頭を下げた。

「承知しました」

その後しばらく、黒崎は放心していた。

根室の怒号と叱責はずっと続いていたが、黒崎は上の空だった。

報告会が終わり、根室が去った後、研究室生たちが皆黒崎の元に集まった。

「黒崎、やったな」「所属三か月の助手に治験を手伝わせるなんて初めてだ」「そもそも所属してすぐに助手って時点ですごいよ」「お前はすごいよ」

取り囲むメンバーに、江本が割り込んだ。

「黒崎、ここに残れ。治験実施に必要な説明と、書類を書いてもらう」

根室教授の命令だからな、と、江本は呟いた。

「わかりました」

「実際の治験には、いくらかかるか知っているか」

黒崎は江本が行う治験を思い返し、即座に計算した。

「ざっと見積って、三千万から五千万円です」

江本は鼻で笑った。

「桁(けた)で間違っている。後で概算方法を教えてやる。最低でも三億円だ」

後日、江本の下で行った治験は成功した。しかも、おまけ付きで。

想定外のデータが得られたのだ。血液中に含まれる、通常であればあまり注目されないタンパク質の濃度が、治験者は大きく変化していた。

そのタンパク質濃度は、当初根室が「余計なデータ」と呼んでいたものだった。

3

根室研究室に所属して一年と数か月が経過した頃だった。

研究室生同士で、昼食をとった時の話だ。

メンバーの一人が誰となく訊ねた。

「中牟田の話、聞いたか」

「いいや」

「根室教授から、全医総の発表は取りやめろって言われたんだとさ」

全医総とは全日本医学会総会の略で、四年に一度開かれる学会のことだ。伝統ある学術集会の一つで、全医総での発表経験があるかどうかは研究者としての評価に影響する。

ここ数日、黒崎は中牟田の姿を見ていなかった。

黒崎は気になって訊ねた。

「中牟田さん、進捗が芳しくないのか」

「いいや。根室教授から、今までの研究内容、全部白紙にしろって言われたらしい。

新しい治療法を考えろって」

「さんざん詰めてきたのにか」

「今の研究内容を変更しないなら、今後一切の助言をしないだとさ」

「それって指示に従わなければ見捨てるって意味だよな。きついな」

中牟田は直近の報告会で一時間近く、根室教授と問答を続けさせられていた。

研究室生の一人が呟く。

「サボり気味だしな。夏休みも必ず二週間は取るし。研究医の風上にも置けん」

「ところで予稿集の原稿締切、今日だよな」

学会で発表する者たちは、予稿と呼ばれる発表内容の概要を、事前に提出する必要がある。

予稿集とは、予稿を集めたカタログのようなものだ。学会側が作成し、学会の参加者に配る。参加者は予稿集を見て気になった研究発表を聞きに行く。

研究室生の一人が訊ねる。

「黒崎、お前も全医総に出るんだよな」

チョコレートとクリームの二色パンを食べながら答えた。

「俺はポスター発表だ。江本さんを手伝った時の治験結果にようやく理屈が付けられた」

「例のあまり注目されなかったタンパク質か。新しいバイオマーカーとして使えそうだったやつだよな」

バイオマーカーとは、特定の病気の存在や進行度を示してくれる物質のことだ。

「ポスターなら、だいぶ気が楽だな」

「楽勝だな。予稿はとっくに提出済みで、もうポスター本稿も作り終えている。あとは印刷して会場に持っていくだけだ」

学会発表にも二種類ある。口頭発表とポスター発表だ。口頭発表は、発表者が登壇し、スライドなどの資料を見せながらプレゼンをする。ポスター発表は、発表内容を一枚のポスターにまとめ、会場に掲載する発表方式だ。学会参加者は展示会のようにポスターを見て回る。発表者はポスターの前に待機していて、閲覧者が質問をしたら都度答える。

なお学術的な評価としては、口頭発表のほうが高く、ポスター展示は低く見られる。

食堂に、江本が早足でやってきた。

「黒崎、いるか」

「いますが」

江本は息を切らしている。

「至急、予稿を書け。電子投稿の締切まであと二時間だ」

黒崎は首を傾げた。

「ポスター予稿なら既に提出しましたが」

「口頭発表の席が空いた。教授からお前を発表者にせよとの指示だ。すぐに予稿を書け。これは教授の命令だ」

「ポスター発表はどうするんですか」

「それもやれ。口頭発表の前後でやれるだろう」

一か月後、黒崎はへろへろになりながらも全医総での口頭発表とポスター発表を終えた。

ポスターを片付けていると、声をかけられた。

五十代だろうか、背が小さく、丸顔でにこやかな表情をした男だった。

「口頭発表を聴いたよ。よかった」

名前も知らない人だが、黒崎はとりあえずお礼を述べた。

「ありがとうございます」

「たしか恩沢大だったたね。誰に師事しているのかね」

「根室先生です」

男の目つきが鋭くなった。

「いつからかね」

「昨年からです」

男は納得した様子で頷いた。

「根室先生にかなり可愛（かわい）がられているみたいだね」

可愛がられている、とは相撲部屋でいう『かわいがり』と同じ意味だろうか。

「一挙手一投足、箸（はし）の上げ下げまで全て何かしら怒られています」

男は笑った。

「理解できる。励みなさい」

男が去っていったあと、黒崎は呟いた。

「あの人、誰だ」

「基調講演を聴いていなかったのか」

いつの間にか背後に江本がいた。

「東都大の副学長だ。昨年度のノーベル賞候補の」

黒崎は辺りを見回した。副学長はもういなかった。

江本は呆れた表情で答えた。

「もっといい顔をしておいてほしかったもんだ。あの人に好かれれば、政府の補助金をふんだくれる。なんせ『グローバルCOTプログラム』の委員でもあるからな」

黒崎は、横文字に覚えがあった。

「COTって『センター・オブ・テクノロジー』の略でしたっけ。かなり有名な補助金プログラムですよね。旧帝大系で枠がほとんど占められている」

江本は頷いた。

「根室教授も枠を取りたがっている。あのプログラムは金も貰えるし、名声も得られる。もし恩沢大が枠を取れれば、私学としては初の快挙だ。とはいえ、並み居る有名大とやり合うには、根室研究室といえども一筋縄ではいかないだろうがな」

4

全医総から半年後、研究室生の一人が教えてくれた。

「中牟田、山梨の医療センターに飛ばされるんだってさ」

要するに、大学を離れ、大学の息のかかった病院に勤務することになったという意味だ。

一度大学の医局を出た場合、大学に戻れる可能性はない。

中牟田はほとんど研究室に顔を出さなくなっていた。根室研究室ではよくあることだった。

よくあることだったが、話を聞くたびに黒崎は胃の中に重りを入れられたような気分になった。

中牟田の話をきっかけに、研究室内はしばらくキャリアパスの話題で持ち切りだった。

研究室生たちが世間話に花を咲かせる。

「奥多摩キャンパスと山梨じゃどっちがいいんだろうな」

「『奥多摩刑務所』に比べたら医療センターのほうが絶対いいって。病院だぜ。給料が出るんだぜ」

「奥多摩ならまだ大学に籍を置けるわけだろう」

「奥多摩キャンパスは大学といっても大学じゃないからな。医療事故を起こした医師が送り込まれるような場所だ。一度放り込まれるともう新橋のキャンパスには戻ってこられない」

「だから『刑務所』か。だったら大学を辞めて外の病院なり企業なりに勤めたほうがいいな」

「倉敷先輩なんてアンジェリカでもう管理職だってさ。根室研究室のネーム・バリューはすごいね」

「でなきゃこんな厳しい研究室に入るかよ」

黒崎は世間話に夢中の研究室生たちを無視し、論文執筆に取り掛かった。

全医総での発表内容を、今度は論文誌に投稿するのだ。

5

中牟田の転出の噂から一か月後、黒崎は大学の研究棟の屋上に佇(たたず)む中牟田を見つけた。チノパンにワイシャツ姿だった。白衣は身に着けていなかった。

黒崎は思わず駆け寄った。

「中牟田さん」

中牟田は黒崎に気付くと、微笑んだ。

「今日で根室と顔を合わせなくて済むと考えたら、清々(すがすが)しい気分でな」

研究室の中牟田の机の上はもうきれいに片づけられていた。

黒崎は胸中にこびりついていた疑問をすべて吐き出した。

「いくらなんでも辞めることはないじゃないですか。研究テーマなんていくらでも見直せばいいでしょう。途中でテーマを見直して大きな研究成果を出した研究者なんていくらでもいます。別に根室教授から見捨てられたってわけじゃありません。みんな中牟田さんのこと好き勝手に中傷していますよ。悔しくないんですか」

喉元から言葉が押し出されて止まらなかった。

中牟田の回答は簡潔だった。

「不整脈だ」

黒崎は驚き訊ねた。

「心臓が悪かったんですか」

中牟田は的外れと言わんばかりに黒崎を一瞥（いちべつ）した。

「別に器質的なもんじゃない。精神的なもんだ」

心配をして損をした。要するに、ストレスという意味だ。

中牟田は空を仰いだ。

「とにかく根室から離れたかった。逃げたかったからな。夏休みは必ず国外に旅行に行くことにした。もし根室から電話があったらどうしようって、ずっと怖かった。だからハワイに行っていた。親が金持ちでよかったよ」

自慢なのかそうじゃないのかよくわからなかった。

「うらやましいもんですね、毎年ハワイだなんて。うちは母子家庭で海外旅行なんてしたことはありません」

「俺は行きの飛行機だとなんともないんだが、帰りの飛行機の中で必ず脈が乱れるんだ、毎年必ず。研究室に入って三回目の夏だ。帰りの飛行機の中で、自分の脈を自分でとりながら、もう辞めようと思った。思っていた矢先に、根室教授に呼ばれた。転出命令だ」

中牟田は黒崎を見つめた。

「お前の母親は誇らしいだろうな、息子がきちんと大学で医者をやれていて」

「中牟田さんだって医師をやめるわけじゃないでしょう」

「親がどう思うかだな。有名医大の大学病院に勤務している息子だから可愛がってやったのに、とか思うだろうな。俺自身も親の期待に応えようとはしていた。厳しいと評判の根室研究室にも背伸びをして入った。だがもう限界だ」

降参宣言をする中牟田は清々しい表情をしていた。憑き物が落ちたような顔だった。

中牟田は遠い国で起きている戦争の話をするかのように訊ねた。

「もう俺は無関係だからはっきり訊くけどな、黒崎、お前は研究一筋でいくつもりか」

黒崎は即答した。

「無論です」

「厳しいぞ、特にこの研究室は」

「覚悟の上ですから」

「俺から聞いたっていうなよ。江本さん、外に出るらしい」

江本准教授もいなくなるのか。

「大学ですか、病院ですか」

「理工系の大学院だとさ。最近合併した理工系大学があっただろう。合併ついでに教授席が何席か作られた。少ないがな。そこのバイオ関連の研究科の教授採用試験に応募して、内々定らしい。ひとえに根室研究室のネーム・バリューのおかげだな」

何の研究をするのかわからないが、医師ではなくなるらしい。

「いくら教授職でも、医師を、この大学を辞めるほどですか」

「教授と准教授じゃ待遇が全然違う。階層が違うんだよ。たしかに医学部の准教授って括りの中では、この大学の准教授、しかも根室研究室のとなれば地位も待遇もかなりいいほうだろう。それでも教授職の最底辺より待遇は悪いんだ。江本さんにとっては千載一遇のチャンスだ」

中牟田に両肩を摑まれた。

「そんな話より、だ。わかっているよな。お前の話だ。近々准教授の枠が空くんだ。それも天下の根室研究室の、だ」

両肩に力が籠められた。

「お前なら、最年少で准教授が狙える」

6

中牟田がいなくなった二か月後、江本から急に話しかけられた。

「黒崎、特許を出したことはあるか」

「なんですか急に」

江本は周りを見渡した。研究室の居室には、黒崎と江本だけだった。

「この大学では、研究医の評価指標は論文発表数だけじゃない。取得した特許の数も考慮される」

初めて聞く情報だった。

「そんなルールがあったんですか」

「昇進考課にも影響する。准教授になりたいなら取得しておけ」

江本の意図が痛すぎるくらいにわかった。

江本が再来月に大学を出ることは公にされていなかったが、実情としては研究室生全員が知っていた。

根室からの公式な発表があるまで研究室生は知らないふりをしていた。研究室のトップが発表していない情報は、この世に存在しない情報なのだ。

返答に窮（きゅう）していると、江本が微笑んだ。

「急に優しくなって驚いたか」

黒崎は率直に頷いた。

「はい、とても」

「もうお前は敵でも味方でもなくなったわけだからな。立つ鳥跡を濁さずってやつだ」

「本当に、もう医師は辞めるんですか」

「医師免許まで取っておいて、医師をやめられる奴はほとんどいない。だがこの研究室に入った奴は二手に分かれる。ずっと研究者でいようと思うか、一刻も早く研究から離れようと思うかだ」

江本の言葉に黒崎は聞き入っていた。物珍しい情報だったからだ。大学を出る気のない自分としては、大学を出た研究室生がどんな気持ちで生きているのかを考える機会はほとんどない。

「私は前者だ。しかし、ここで研究を続ける限り、根室教授の影にずっと怯えることになる。影響力が強すぎるんだ。逃げるには、自分もそれ相応の力を得るしかない」

「なにもそこまで」

「お前と一緒にやった治験が上手くいった理由を知らんのか。あれは根室教授の力だ。根室研究室の卒業生は日本全国にいる。民間の医療組織や企業にも何人も卒業生が送り込まれている。根室教授だから影響力があるんじゃない。影響力を持つように手を打った結果、根室教授ができあがったんだ」

「裏で手を回したんですか」

「でなければただの助手程度があれだけの規模の治験に参加させてもらえるはずがないだろう。俺もだがな」

江本の目の奥に冷たい光が見えた。

「今後、お前はこれを餌に根室教授から体よくコントロールされるぞ」

黒崎は、素直に答えた。

「かまいませんよ」

江本の表情に驚きが表れていた。

「この大学でいくら実績を積んでも、虎の威を借る狐だの、金魚のフンだのと言われ続けるんだぞ。いいのか」

黒崎の脳裏に根室の顔が浮かんで消えた。

「俺はここで偉くなりたいんです」

「なぜだ」

「全て揃っているからです」

江本は納得して何度も頷いた。

「たしかに、ここなら全部あるな。あらゆるものが」

江本は薄く笑った。

「お前、金は欲しいか」

「当たり前でしょう」

「お前の同期の薬学卒に起業した奴がいたよな。そこにはいかないのか」

國広の噂は江本の年代にまで広まっているらしい。

「よくご存じですね」

「知らないやつはいない。お前が直接引っこ抜かれそうだったって話もな」

黒崎は江本を睨んだ。

「俺はここで研究医としてやっていくんです」

「そんなに大学病院が好きか」

「母親がよく言うんですよ。俺には牛乳瓶の底みたいな眼鏡を掛けて研究ばっかりしていてほしいって」

江本は笑った。

「マザコンかよ」

黒崎は怒りを覚えた。

「何が悪いんですか、親の期待に応えようとするのが」

江本は笑いを堪(こら)えながら答えた。

「きっとお前は親から見たら自慢の息子なんだろうな。俺の場合は違った。うちの両親の口癖は、『お前にいくらかけたと思っているんだ』だ」

江本は江本で、様々な柵(しがらみ)から逃れようともがいていたのかもしれない。

怒っていても仕方がないので、黒崎は話題を変えた。

「江本さんも取ったんですか、特許」

「ほとんど想像だけのものだったがな」

「どうやって取るんですか」

「教授に言えばいい。大学の産官学連携センターから弁理士を連れてきてくれる」

「出世したいから取りたいっていえばいいんですか」

「研究の自由度を確保するためと言え。万が一、誰かに特許取得されて研究の妨げになったら困るとな」

「そんなんで理由になるんですか」

「今までもなってきた。俺の時もだ。むしろこれ以外の理由では根本教授が認めてくれない」

黒崎は、研究室に入ってからずっと気になっていたことを訊ねた。

「根室教授は、部下が出世するのをどう思っているんですか」

江本は残念そうな表情をした。

「単に状況による、としか言えないな。あの人は自分の利益にしか興味がないから」

その翌日、黒崎は昼食の時間に、学食のテーブルの上に真っ白の紙を広げた。紙の一番上にペンで「特許」と書き、次に自身の研究の中で何かアイデアとして発表できそうな内容を次々と列挙する。

アイデアは十を超えた。数については意外と出ている。

この中で、研究の自由度を確保する必要があるアイデアはどれか。つまり誰かに独占されると困るものはどれか。

リストをじっと睨みながら、黒崎は菓子パンの袋を開けた。

「熱心だね」

声色に覚えがあった。

「何度頼まれても答えは変わらん」

言いながら顔を上げると、案の定、國広の姿があった。

「まだ何も言っていないよ」

「気持ちは変わらない。それにまだ十年も経過していない」

國広がアイデアのリストを覗き込む。

「特許を取るのかい」

「不本意だがな」

國広がリストを注視し、胸元のペンを取り出した。

「これは取れないよ」

リストに勝手に取り消し線を書き込んでいく。

「おい、勝手に書き込むな」

「手術、治療、診断に関する方法は特許がとれないんだ」

黒崎は國広に訊ねた。

「なんでだ」

「医者が困るからだよ。患者の治療にいちいち特許侵害していないかどうか調べたくないだろう」

黒崎はほとんど消されたリストを眺めた。

「じゃあ何も取れないじゃないか」

「医薬なら取れるよ。現にたくさん取得されている」

「俺は研究室で薬を作っているわけじゃない。治験だったら出るが」

國広は残ったアイデアのうち、一つだけマルを付けた。

「これならいけるかも」

『バイオマーカーの検出方法』にマル印が付いていた。

「マーカーの検出は診断じゃないのか」

「なんかよくわからないんだけど、セーフらしいんだよね。診断のための測定、だから診断じゃないらしい」

黒崎は首を傾げた。

「よくわからんな」

「でも、急いだほうがいいよ。発表しているんだろう」

國広は、右下に小さく書かれた『全医総で発表済み』の文字を指さした。

「学会で発表したアイデアだからな」

「いつ」

「八か月くらい前だ。あと、論文誌にも投稿した」

「それ、学会発表から一年以内に特許申請しないと、特許されないよ」

「そうなのか」

「公開された発明は、特許を取得できないんだ。自分で公開したなら、一年以内であればセーフなんだけど」

「あと四か月しかないな」

「急いだほうがいいよ」

「ありがとう、助かる」

國広はそれだけ告げると、手を振って去っていった。

國広にヘッドハンティングされたのはもう二年近く前になるのか。國広の背中をみて、黒崎はふと思った。國広、ずいぶん痩せたな。

善は急げと、黒崎は根室に話をした。

「バイオマーカーの特許を取りたいだと」

書類の積み上がった教授室の中で、黒崎は頷いた。

「全医総で学会発表した、新たなバイオマーカーです。特許を取得したいです」

「ライセンスビジネスでもするつもりかね。それとも製薬会社に売り込みに行くのかね」

「研究の自由度の確保です。以前の治験では、新薬の効果を確認するにはカテーテルを体内に挿入して検査をするしかありませんでした。カテーテルを嫌がる患者は多いです。しかし本バイオマーカーを使えば、採血だけで容易に確認ができます」

「治験者の苦痛は考慮すべきだ。しかし正確な検査と治療に必要であるなら、医師側がきちんと説明し納得してもらう必要があるのではないかね」

「ただでさえ患者数の少ない病気です。治験者が減れば、研究に差支えが生じる可能性があります。逆に、今まで非協力的だった患者も、採血だけで済むならと治験に協力してくれる可能性が出てきます」

「なるほど。たしかに治験者は貴重だ。しかし特許取得は難しいだろう。理由はわかるかね」

「既に発表している技術だからでしょうか。全医総の発表と、論文誌への投稿です」

「その通りだ。公知となった発明は特許を取得できない」

「まだ発表から八か月です。一年以内であれば特許は取得できます」

「まあいいだろう。研究に差支えがあるならば対策は必要だ。産官学連携センターに連絡しておく」

「ありがとうございます」

根室は笑った。

「しかし、私はそこまで学術的に価値があるとは思わんがね」

黒崎は頭を下げた。

「患者のためにはなると思います」

翌日には、産官学連携センターから弁理士がやってきた。

弁理士との面談は一時間程度かかった。

質疑応答を終えると、弁理士が教えてくれた。

「今、バイオマーカーに関する特許出願は注目されています。出願数も少しずつですが増加傾向にあります。旬の技術ですよ」

　黒崎は適当に相槌を打った。

「特許にも流行り廃りがあると」

「もちろんですよ。では、本日お聞きした内容で、明細書の草案を作成いたします」

帰り際、弁理士は深々と頭を下げた。

「根室教授に、よろしくお伝えください」

　特許申請の面談をした後から一か月が経った。

最近、根室教授の姿をあまり見なくなった。もともと忙しくどこにいるかわからない人だったが、最近は特に居場所がつかめない。

　研究室生の一人が呟いていた。

「根室教授、また《山名医療機器》と会議か」

「最近増えたな」

「山名医療機器ってうちの研究室から誰か就職していたか」

「山名だけは行ってない。とすると教授の次のターゲットは山名ってわけだな。ペースメーカーか、人工肝臓でも作らせるのかな」

「山名を抑えたら、日本の病院は薬から医療機器まで全て根室教授が関わることになるな」

先輩の研究室生の一人から、声をかけられた。

「黒崎、根室教授が呼んでる」

ノックをし、教授室に入ると、先客がいた。

副学長の河合（かわい）教授だ。河合教授の専門は腎臓・高血圧内科だ。

根室教授は顎で黒崎を示した。

「彼が黒崎だ」

河合は席から立ち上がり、手を出した。

「バイオマーカーの論文は論文誌で読んだよ。米、英、オランダ、フランスでも話題になっていると聞いたが、読んだら納得できる内容だった。さすがは根室研究室生だ」

黒崎は白衣で右の掌を拭い、河合の手を取った。

「ありがとうございます」

根室は鼻で笑った。

「ここまでリバッタルが下手くそな奴は私の研究室にはいなかったがね」

論文を投稿した際、投稿先から突っ込みが入る場合がある。これに対する反論や修正をリバッタルという。

とはいえ、以前に黒崎が提出したリバッタル・レターは特に滞りなく作成できたものだし、論文もきちんと受け入れられたのだが。

黒崎はいくつか河合から質問をされ、答えた。

質問の内容は多岐にわたった。研究についてだけでなく、研究室生とのコミュニケーション、患者との向き合い方、休みの日は何をしているのかなど根掘り葉掘り訊かれた。

これが何かの面接だとわかった時には、質問は全て終了していた。

河合は満足した様子で根室に訊ねた。

「あとは特許ですかね」

「出願済みだ」

「抜け目ないですね」

「思い付きでこさえたマーカーなど彼以外は使わないだろうがね」

「新規なバイオマーカーなら、山名医療機器が欲しがるのではありませんか」

「あいつらは私の名前を使いたいだけだ。それ以上は何もくれてやらんよ」

「わかりました。では次の教授会で議題に挙げておきます」

河合は一礼すると、教授室を出て行った。

出た直後、根室が怪訝な表情で黒崎を見つめた。

「いつまでいるのかね」

辞すると、廊下で河合が待っていた。

河合はにこやかな表情で黒崎に告げた。

「根室先生は傲慢に見えるかもしれないが、優秀な人間には目をかけるんだ。期待を裏切らないようにね」

三か月後、珍しく研究室の内線電話に着信があった。

『産官学連携センターの星野です。黒崎さんが発明者の特許出願について、特許査定が届きました。おめでとうございます』

「特許になったって意味ですか。早いですね」

『早期審査請求をされていましたから。今回は拒絶理由がありませんでした。要するに一発登録です。登録料の支払いを行い、登録処理に入りますが、かまいませんか』

よくわからないが、とにかく何も問題なく特許になったらしい。

「お願いします」

根室教授に報告に行くと、即座に叱られた。

「失敗だ。もっと広い特許を申請してよかったという意味だ」

「どういうことでしょうか」

「権利として請求する範囲が狭すぎたから一発登録されたのだ。特許とは通常であればあえて広めに権利を要求し、特許審査官の反応を見ながら少しずつ範囲を狭め、許可されるギリギリの範囲で取得するものだ。君が無意味な遠慮をしたせいで、みすみす広い権利を取り逃したのだ」

そんな戦略知るはずがない。

「申し訳ありません」

教授室にノックが響いた。

研究室生の一人がドアを開けて頭を下げた。

「教授、お客様がお見えになりました」

「今行く」

7

博士課程を修了した直後、次年度の准教授候補に黒崎の名前が挙がった。

恩沢大医学部としては異例だった。候補として挙がるだけだとしても歴代最年少、もし本当に准教授となった場合も歴代最年少になる。

しかしそれが根室研究室となると、学内でも納得の声が多数上がった。根室教授が認めたなら異例も異例ではなくなる、と。

もちろん、候補は候補でしかなく、たとえ候補者が一人だけだとしても、准教授の座を確約するものではない。

しかし大学内で皆が黒崎を見る目は明らかに変わった。当然、研究室内でも一段と扱いがよくなった。

江本が去って以降、根室研究室内の准教授の席はずっと空いたままだった。

根室は「相応しい人材が現れれば自然と埋まるであろう」と述べるだけだった。

博士課程修了まで、黒崎は、根室教授からは無茶ぶりと思しき治験に参加させられたり、嫌がらせとしか思えないペースでの学会発表と論文投稿をさせられていた。

黒崎は、河合の言葉を信じて全て食らいついた。空いた准教授の席に自分が着くための試練だと信じた。

次第に、根室研究室生は先輩後輩問わず、黒崎の研究を手伝うようになった。

今年、根室研究室に所属したばかりの博士一年が、黒崎にあたまを下げた。

「実験を手伝わせてください。お願いします」

身長は百八十センチを超える長身で、学部時代はラグビー部に所属していたという。医者は体力勝負とのことで、運動系のサークルや部活に好んで所属する医学部生は多い。もちろん、黒崎は全く興味がなかったが。

黒崎は断った。

「そんなに人員は必要ない。今までも俺一人でやってきたんだ」

「いっしょにやらせてください」

全く引き下がる気がないようだった。

適当に理由を付けてその場から立ち去ると、別の根室研究室生につかまった。

「次の実験、手伝います」

「必要ない。自分でできるから」

研究室生居室に帰ると、ラグビー部がまだ席の前で立っていた。

「認めてくれるまでここを動きませんから」

黒崎は呆れた。やり方が体育会系的すぎる。黒崎は自分が初めて治験に参加できたときのことを思い返した。俺はもっとスマートにやったもんだ。

その日の夜、久しぶりに母親に電話をした。

『准教授？　へえー、あんたがねえ』

「まだ決まったわけじゃない。候補の一人に挙がったというだけだ。可能性がゼロからゼロではなくなったというだけだ」

『まさか患者さんにもそんな歯にものの挟まったような言い方してんの』

「不正確な表現をしたくないだけだ」

『どーんと俺に任せとけくらい言いなさい。医者なんだから』

「言ってるよ」

生まれてから一度くらいならどこかで言ったことはあるだろう。

『しっかし、不器用なあんたがまさか医師になるとは思わなかったねえ。それもなったと思ったら大学病院で研究なさっている先生様とはねえ。頭の良さはお父さんに似たんだろうねえ』

黒崎は、母子家庭にした元凶の男のことを思い出した。

当時ふらふらと遊び惚けていた母親が悪いと言われることもあったが、そもそも悪いのはお腹に黒崎を身ごもった母を黒崎ごと捨てた男のほうだ。

母が黒崎を育てるためにどれだけ苦労したか。

「おふくろに似ていないとも限らないだろう」

『私に似たらそんな頭よくならんかったよ』

「いいや、おふくろに似たんだ」

『恭司は優しいねえ。やっぱりお父さん似だね。あの人も優しかったから』

母は悪いことは全て忘れて良いことだけ覚えている。そんな性格なのだ。

「とにかく、期待はしないでほしいが、もし万が一にでも待遇が変わったら、仕送りができそうだ」

母親は急に真面目な声になった。

『何バカなこといってんの。こっちこそ学費もまともに出してあげられていないのに』

「学費はいい。最初から学費ローンを組むつもりだったし、それとは別に奨学金も借りられるだけ借りている。全部自力で返す。おふくろに迷惑はかけない」

『何もできんで、すまんねえ』

「医者は借金しているくらいのほうがきちんと働くんだよ」

8

准教授候補から「候補」の文字が取れるのも時間の問題と思っていたある晩。

黒崎は、一週間後に開始される、新しい治療薬の治験のための準備をしていた。

時刻は深夜零時を回ったところだった。三階の研究生居室には黒崎以外誰もいない。

黒崎は、居室の電気は点けずに、自分の机の電灯とパソコンだけ点けて資料を纏めていた。

あと少しで終わる。早めに済ませて、教授の確認を貰わなければ。

新鮮な空気を吸おうと、黒崎は廊下側の自席から窓に向かった。

窓を開ける。初夏の空気は湿気を帯びていて、あまり気分転換にはならなかった。

星空の下、車が研究棟の前に停まった。車は外灯の光を鈍く反射している。

スーツ姿の男が先に出て、反対側のドアを開けた。

根室が出てきた。外灯の光で、顔まではっきりわかった。

根室の足取りは若干おかしかった。学会での反省会（飲み会）が終わった後に見せるふらふらした足取りだった。

根室は覚束ない足取りのまま研究棟に入ろうとした。

ドアを開けたスーツの男が、根室を呼び止めた。スーツの男は車の中から大きな紙袋を持ち出した。

スーツの男は根室に紙袋を渡した。根室教授は紙袋を落とした。紙袋が横になり、紫色の包みが滑り出た。風呂敷に包まれた荷物だ。スーツ姿の男が慌てて袋に戻そうとした。

包みの結び目がほどけ、風呂敷の中身の一部が転がった。札束だった。三束転がった。一束百万円として三百万円か。風呂敷の中には同じものがまだ残っているとするなら、三百万円以上はあった、ということになる。

零れた札束を、根室はじっと見ている。

スーツの男が急いで腕を動かし札束を拾い上げている。辺りを気にしながら風呂敷に包みなおしている。

根室が急に振り向き窓を見上げた。鬼のような形相だった。

黒崎はさっと顔を引いた。しゃがんだ。目は合っていない。合っていないはずだ。

居室の電気は点いていない。自席は窓から遠い。黒崎は床を這って自席に辿り着いた。机の電灯を消した。パソコンを閉じた。

階段を上ってくる足音が聞こえた。走って上っている。黒崎は部屋の隅の使われていないロッカーに入り隠れた。

ドアが開けられた。部屋の電灯が点く音がした。

ロッカーの中から外は見えない。

呼吸が苦しい。心臓がずっと早鐘を打っている。

足音が聞こえた。

黒崎は息を潜めた。

しばらくして、居室の電灯のスイッチが切れる音がした。

足音は去った。

札束は賄賂に違いなかった。でなければ根室が必死になって階段を上って確認しに来るはずがない。

根室に顔を見られただろうか。なぜ根室はすぐに引き揚げたのだろうか。

明日からどんな顔をしてここに来ればいいのか。

9

次の日、一睡もできなかった黒崎は、いつも通りの時刻に研究室に向かった。

研究棟の入り口前には、当然、何も残っていなかった。車も、札束も。

札束が落ちていた辺りを霞んだ頭で見ていると、肩を叩かれた。

根室がいた。

「見たのか」

叫び出したかった。

「いいえ、何も」

「そうか」

根室は研究棟に入っていった。

次の日から全てが狂いだした。

ラグビー部は失望した表情で黒崎を見た。

「根室教授がおっしゃっていました。黒崎さんが今後治験に参加することはないと」

報告会の最初に、根室が黒崎に告げた。

「来月から君の席は奥多摩だ」

研究室の誰も黒崎と口をきかなくなった。

准教授の話も雲散霧消していた。

あの夜、黒崎の顔は根室から見えていたとしか考えられなかった。

なんで俺がこんな目に遭うんだ。賄賂を受け取ったのは根室だろう。あれはどう見ても賄賂だろう。汚い金だろう。だったら金を受け取った奴が悪いじゃないか。なんでそれを見た俺がこんな仕打ちを受けなければならないんだ。

あの夜だって研究の準備をしていただけだ。それだけじゃない。今までだって、必死に努力してきたじゃないか。

いくらなんでも、俺が、俺だけが悪者になるのはおかしい。

黒崎は根室教授室に駆け込んだ。

「俺が何をしたというんですか」

根室はしれっと答えた。

「賄賂の証拠などない。証拠がない以上、こちらでどうとでもできるのだからな」

「俺は何も見ていません。見ていないと言ったでしょう」

根室の顔が、今まで見たこともないくらい真っ赤になった。

「私を脅す気かね！　この私を！　私がいなければ注射針一つ買えないような一山いくらの研究医風情が、この根室教授を脅すというのか！　恥を知れ！」

黒崎は、目の前の絶対的な存在に対し、初めて嫌悪の念を抱いた。

「恥を知るべきはあなたではないのか！」

ばたん、と教授室の扉が開いた。

研究室生たちがぞろぞろと入ってきた。

「教授、何かありましたか」

「大きな声が聞こえました」

根室が呼吸を整えている間、沈黙があった。

やがて根室が告げた。

「黒崎君の去就について話し合っていたところだ。今終わったところだ。戻りなさい」

研究室生たちが互いに顔を見合わせていると、根室が怒鳴った。

「戻れ！」

研究室生たちは震えて去っていった。

黒崎の心の中には、憐れみだけが残った。黒崎は目を血走らせたままの根室を一瞥した。

「あんたを少しでも尊敬していた俺が馬鹿だった」

その日のうちに、黒崎は大学側に退職を申し出た。

ずっとアパートに籠った。酒を大量に飲むようになった。

大学から電話があった。

『退職にあたり、黒崎さんが発明者の特許出願について特許査定がなされています』

「どうでもいいです」

『本権利は大学の職務発明規定及び知的財産権規定により、発明者に譲渡することになります』

「どうでもいいです」

『本来、大学の研究で発生した発明は大学側に帰属する規則になっています。しかし大学側が不要と判断した特許権については、発明者に返還することになっています。本特許は指導教官である根室教授より学術的及び経済的価値はないと報告を受けていますので、所有者は黒崎さんとなります』

「いらないなら私もいりません」

『放棄処理が必要であれば、黒崎さんが特許庁に手続きを行ってください。放棄手続きを行わないとしても、何もせず放置しておけば特許権は三年後に自動消滅します』

「いらねえっつってんだろ」

『特許証は後で郵送いたします』

通話は途切れた。

アパートのドアが何度も叩かれた。

「黒崎さん、いるんでしょう。黒崎さん。居留守を使ったってわかるんですよ」

大家だ。黒崎はタオルケットを被って耳を塞いだ。

塞いでも大家の声は聞こえた。

「二か月分の家賃を滞納しています。至急支払わないと出て行ってもらいます」

ふと、ロッカーの中に隠れた時を思い出した。嫌な気分になった。

大家の声が響いた。

「これは最後通告ですからね」

ついにアパートを追い出されることになった。

ドアから大家夫妻に二人がかりで引きずり出された黒崎は、部屋の外に転がった。

砂利（じゃり）が口に入った。

「今週中に荷物を纏めて出て行ってくれ」

何も答える気力がなかった。

しばらく地面に寝そべっていた。このまま死ぬのだろうか。

「黒崎」

聞き覚えのある声だった。

顔を上げる体力はなかった。

かわりに、國広がしゃがんでくれた。

黒崎は震える唇で答えた。

「金ならない」

「見ればわかる」

Tシャツに黒いジャケット姿の國広は立ち上がった。

「だいぶ痩せたな。栄養失調になるぞ」

黒崎は地面に両手を突き、上体を起こした。

「酒を飲んでるから大丈夫だ」

「だから、それが危ないんだって」

「日本酒は米でできてる。だったら米を食ってるのと同じだ」

國広は呆れた。

「知能指数が百くらい下がっているな」

「クニエモンがなんでここにいる」

「昨日、もう一度だけ君に会いに大学に行ったんだ。そしたら研究室を辞めたっていうじゃないか。加納に君の住所を聞いてやってきた」

振り向くと、大家夫妻が立って見ていた。

黒崎は声を張り上げた。

「見せもんじゃねえんだ」

黒崎は立ち上がろうとし、失敗して転んだ。

大家の奥さんのほうが國広に訊ねた。

「あんた、この人の知り合い？」

國広は笑顔で即答した。

「はい。ずっと前からの」

黒崎は言葉を被せた。

「違う」

國広は黒崎を指さして訊ねた。

「こいつ、何をしでかしたんですか」

「家賃の滞納。二か月分。だから追い出すの」

「いくらですか」

黒崎は怒鳴った。

「施しは受けない」

國広は笑顔のまま黒崎に断じた。

「奨学金を借りていたんだろう。説得力がない」

大家の夫のほうが國広に訊ねる。

「あんた、払ってくれたりしないか」

黒崎は地面に倒れたまま怒鳴った。

「ダメだ！」

「寝言は家賃を払ってからにしな」

國広が胸元に手を入れた。

黒崎は咄嗟に國広の足を摑んだ。

「やめろ！」

「うわっ」

國広はよろけて、黒崎の部屋の玄関のドアに倒れた。

倒れた際、國広はドアのポストに手を突っ込み、溢(あふ)れていた書類やらチラシやらを摑んだ。

どさどさばらばらと、郵便物の成れの果てが引っぱり出された。

國広は呻きながら、上体を起こした。

國広が摑んだ郵便物の一つに、水色の封筒があった。摑んで転んだ拍子か、封筒は破けていた。クリアファイルに綴(と)じられた表彰状のような書類が見えた。

「大学からの郵便物だ。大事な書類か何かじゃないのか」

國広は封筒の破けた隙間を覗いた。

「特許証？」

黒崎の頭の中で誰かの声が響く。

『昇進考課にも影響する。准教授になりたいなら取得しておけ』

『あとは特許ですかね』

『出願済みだ』

『抜け目ないですね』

『本特許は指導教官である根室教授より学術的及び経済的価値はないと報告を受けていますので、所有者は黒崎さんとなります』

あれだけ必死になって、得られたものがこれか。

「ゴミだ、捨てるんだ」

國広はしばらく考え込んで、唐突に訊ねた。

「だったらこれ、貰っていいか」

黒崎は立ち上がる気力もなかった。

「好きにしろ」

「よかった。だったら取引成立だね」

國広は破けた封筒をさらに破り、中身を取り出した。

特許証の他に、書類が何枚か同封されていたようだ。

「公報も入っているね。よし」

國広は胸元から財布を取り出した。

黒崎は声を張り上げた。

「施しは受けないっつったろ」

「施しじゃない。代金だよ。特許譲渡の。特許を売ってくれるんだろう。我がフラーリン社の特許ポートフォリオに加えることにする。特許維持費用も既に三年分納付されているし、いい取引だ」

「買うだと」

「貰うって言ったよ」

國広は財布から札を一枚二枚と取り出し、面倒臭くなったのか、がばっと全部取り出した。二十万円以上はあると思えた。

國広は大家の奥さんのほうに訊ねた。

「二か月分、これで足りますか。余った分は家賃の前納としてください」

大家は札の枚数を数え、数え終わると頷いた。

「ちらかったゴミ、片づけておいてね、玄関前の。ついでに部屋の中のゴミも。かなり溜まっていて臭うから。燃えるゴミは月曜と木曜、雑誌は土曜ね」

「片づけますよ。こいつが」

大家が去り、國広と黒崎が残った。

「話はだいたい加納から聞いた。もし行くところがないなら、フラーリンにこないか」

この期に及んで、まだ俺を引き入れたいというのか。

「サプリメントなんざわからんぞ」

「今は難病の治療薬を作っているといったろ。ようやく治験が始められるんだ。治験者が集まってくれてね。優秀なメディカル・ドクターが欲しい」

「なんの治療薬だったか」

「ＦＪＡＰ」

國広は顔を黒崎に近づけてきた。國広の顔色は、最後に見た時に比べればだいぶよくなっていた。

國広は続けた。

「あくまで勘だけど、薬はかなりいい線をいくと思う。サプリメント事業で稼いだ資金はほとんど注ぎ込んだ。社運を賭けているんだ」

「宝くじを買ったほうが確実だったんじゃないか。二度も奇跡が起こるとは思えん」

國広は微笑んでいる。

「知らないのかい。一度成功した起業家は、二度目も成功するんだよ」

黒崎には本心からの言葉に聞こえた。國広は結構な自信家のようだ。

黒崎は上体を起こした。体が痛い。

体の汚れを払い落としながら、黒崎は訊ねた。

「墓参りの帰りか」

國広は驚いて答えた。

「よくわかったね」

「線香の香りがしたからな」

國広は力なく笑った。

「妻のね。二年経つよ」

國広が痩せていて、顔色も悪かった時期だ。

「原因は」

「心不全だ。FJAP由来の」

「奥さんは何歳だった」

「二七だったよ」

黒崎は驚いて声を上げた。

「かなり保ったんだな」

言葉にしてすぐ、黒崎は表現を選ばなかったことを謝罪した。

「すまない。だが事実として、本当に長く生きられたほうだ」

國広は気にしていない様子だった。

「その通りだよ。彼女の発症は小学校高学年と遅かった。二十代前半までは、ほぼ普通に生活できていた」

ＦＪＡＰには、発症が遅いほど病状の進行が緩やかになるという傾向がある。多くの場合、患者は三歳から七歳で発症し、平均して十五歳前後で亡くなる。しかし例外もある。海外のケースだが、十八歳で発症した患者が、四十歳まで生きたという例も存在する。

慰めにもならない考え方だろうが、國広の妻は、運がいいほうだった。

黒崎は、ふと考えた。

國広から初めてオファーを受けたのがおよそ四年前だ。その時は、國広の妻はまだ生きていたことになる。

もし、あの時引き抜きに応じていたらどうだったか。当時の黒崎では想像は難しかっただろうが、もし國広のオファーを受け容れていたら、ひょっとしたら國広の妻は死なずに済んだのだろうか。そんな考えは傲慢だとは思うが。

なんとか踏ん張って居場所を作っていた大学には、もう戻ることもできない。一方で、黒崎の来訪を望んでくれている場所がある。

巣立ちの時と考えるべきだろう。

黒崎は体をきちんと起こし、地面に胡坐(あぐら)をかいた。

「話を聞くだけなら構わん」

第四章

▼

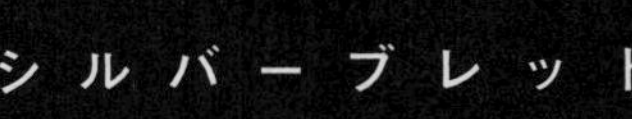

特効薬

1　光太の薬が切れるまで、あと五日

黒崎の話が終わる頃には、窓の外の富士山は夕闇の帳に隠れようとしていた。

黒崎は遠い目をしながら答えた。

「で、今に至るわけ――」

未来は怒りのあまり突っ込んだ。

「なんでもっと早く話をしてくれなかったんですか！」

黒崎は困惑していた。

「訊かれなかっただろう」

未来は気を落ち着かせて、黒崎の話を思い返した。

「黒幕について、確度の高い仮説が立ちましたね」

國広は悩みながらも頷く。

「根室研究室が、今回の警告のバックにいると」

「黒崎さんの昔話を聞いた今では、根室教授と考えていいでしょう」

「単なる偶然の可能性は」

國広の懸念はもっともだった。

しかし未来の考えは異なる。未来は断じた。

「偶然のはずがないでしょう。これは必然です。二回までなら偶然の可能性が残ります。でも三回も起こったなら必然です。問題特許三つの筆頭発明者の全員が元根室研究室生で重なったんです」

黒崎は未来の仮説に難色を示した。

「重なったとして、だからどうした」

未来は微笑んだ。

「ようやく、特許の枠組みの外から対策を考えられます」

黒崎は渋い表情をしている。

「かりに根室が黒幕だとして、だ。根室の狙いは何だ。俺に対する嫌がらせか。最悪の場合を考えよう。本当に単なる嫌がらせだったとする。で、それがわかったところで何になる」

「本当に嫌がらせかどうかの確認も含めて、調べる価値が出てきました。それに」

未来は頭の中で、状況を整理した。

「これは私の経験上の勘ですが、たぶん、単なる嫌がらせではないですね」

國広も頷く。

「嫌がらせというには度が過ぎる」

黒崎は、真剣に考え込む國広の表情を見て呆れた。

「じゃあ、嫌がらせ以外に理由が何かあったとしようか。それがわかってどうなる」

「取引材料が生まれるわけです。今回の警告に関する特許三件の反論ができなくとも、こちらが相手の弱点を突き崩せれば、または弱点をいつでも突き崩せると示せれば、取引ができます」

黒崎は驚いて未来を見やった。

「まさか今になって根室を収賄で訴えるとかいう気じゃないだろうな」

「さっきの黒崎過去編で少し気になったのですが、収賄の証拠は本当に何もなかったのですか」

「話した通りだ。物証なんてない。俺が目撃しただけだ」

「告発ならいくらでもやりようがあったのでは。賄賂は犯罪でしょう。いくら根室氏が大学内でどれだけ力を持っていたとしてもです」

「かりに物証があったとしてもだ。ぺーぺーの学生と、実績もあり大学に利益をもたらす研究者、一方しか残せないと言われたら大学はどちらを残すと思う」

「戦い方ならいくらでも思いつくでしょう。例えば、どうして賄賂の話を学外に広めなかったのですか。どうせ僻地に飛ばされるなら、騒いでもっと大ごとにしてもよかったと思います。他にも、僻地に飛んだ後でも力をつけ反撃のチャンスを待つとか」

黒崎は、ぎっ、と未来の目を見つめた。

「奥多摩でうじうじしても仕方がないだろう」

アパートの部屋で酒を飲んで引きこもっていた奴のセリフか。

國広が未来に訊ねる。

「とにかく、どうするのですか」

未来はＰＣを見つめた。

「さっきの夏目に正式に調査を依頼させてください。特許権者と、根室氏の身辺を調査したいんです。もし何も見つからなかったとしても、費用はこちらで持ちますので」

國広に、断る理由はなかったようだ。

「やってください」

2

広尾の自宅に戻った時は、深夜零時を回っていた。

未来は状況の整理と姚への報告を兼ねて、姚にテレビ電話で連絡した。ドイツは現在午後五時のはずだ。

未来は姚に自身の意見を伝えた。

「黒幕が根室氏と仮定するなら、今回の特許権者三社は根室氏の単なる手足。命令に従っているだけの可能性が高い。つまり警告は自社の意志ではない可能性がある」

姚は渋い顔をした。

『仮説に過ぎないがな。いくら根室教授が医学界の権威だとしても、売上何兆円規模の製薬会社をほいほい動かせるとは思えない』

「逆に訊くけど、売上何兆円規模の製薬会社が、こぞって吹いたら飛ぶようなベンチャー企業を潰しにかかる理由は？」

『なんらかの利益があるからだ』

「それって見合うもの？　警告書は社名を入れて出すのよ。社名が懸かるのよ」

『そこは謎が残るな』

「そう、謎なのよ。その事情に今回の三社同時警告っていう異常な事件の真相が隠れているはずなの」

モニターの向こう側の姚も、少し考えて頷く。

「問題はどうやって調べるかだけど」

『夏目を使うんだろう。何を調べさせる。具体的に命令をしないと、短時間では調査が終わらないだろう』

特許権者三社からの直近の返答書――カルタゴンの納品書のコピーが入っていたものだ――では、返答期限が区切られていなかった。期限がなかった以上、訴訟ではっきりさせるからもう返答は必要ないとの意味ともとれる。特許権侵害訴訟を提起されるとしても、今日や明日というわけではないだろうが、夏目の調査もできる限り早くやってもらう必要がある。

「発明者にコンタクトする。今回の案件関係者の中では、一番接触しやすいだろうから」

姚は頷いた。

『プロリュードの承認日と、出願日が近い理由も気になる。発明者が何か知っている

『可能性は高いな』

未来も頷いた。

3

光太の薬が切れるまで、あと四日

夏目の事務所は渋谷の道玄坂(どうげんざか)にある雑居ビルの中だった。

事前に夏目に依頼事項を説明していた未来は、結果を訊きに夏目の事務所に向かった。

夏目は既に結果を出しているという。

「残念なお知らせです。発明者三人のうち、二人はコンタクトが難しい状況です」

「誰がダメだったの」

「フィンネルの特許と、田村製薬の特許の発明者ですね」

残ったのはアンジェリカの発明者だけか。

夏目が大型ディスプレイに簡素にまとめられた報告書を表示する。

「フィンネルのほうの発明者は現在ベルギーの研究所にいます。独身で、家族はなし。

詳細住所までは調べていません。田村製薬のほうの発明者は国内にいますが、現在開発本部長職に就いており、厳重な秘密保持義務を有しています」

「秘密保持義務なら誰だってあるでしょう」

「田村製薬は過去に情報流出事件を起こしています。以来、情報管理はかなり厳しくなったらしいです。特に本部長クラスとなると、口を割るとは思えません」

　未来は首を傾げた。

「本部長クラスが発明者？　実験室で開発行為をやっているはずがないわ。あやしすぎる」

「俺も思いました。未来さんの仮説はあながち間違っていないかもしれません。この三件は、出自が謎もいいところです」

「コンタクトできる可能性のある一人は」

「例のアンジェリカの佐伯洋子、旧姓倉敷ですね。年齢は三十九歳。開発部の係長クラスで、都内在住です。三人の中では一番コンタクトしやすいかと」

「管理職って意味ではまだハードルは高いわね。むしろベルギーのほうが接触しやすいかも。ベルギーのどこかわかる」

　夏目がサングラスを上げて、未来を睨んだ。

「海外の調査は勘弁してください。俺、日本国内の調査しかやったことありませんから」

「だとすると、佐伯以外に選択肢はないわね」

「報告書です」

夏目が差し出したプリントアウトを受け取った。

「いつも仕事が早くて助かる。こっちもある程度進んだらまた調べものをお願いする」

夏目は縮こまって頭を下げた。

「実は、今はあと二、三日程度しか手が空いていません。別の依頼が入っていまして。終わるのは一か月後の予定です」

夏目が謝る姿は初めて見たかもしれない。

「今忙しいんだ」

「おかげさまで」

冷静に考えると、夏目の凄腕具合を鑑(かんが)みれば常に何かしらの仕事が入っていてもおかしくはない。

横車を押しても仕方がない。未来は引き下がった。

「じゃあ、こっちも急いでみる」

4

光太の薬が切れるまで、あと三日

翌日、未来は目黒区にある『林試(りんし)の森公園』に向かった。

佐伯洋子の勤め先であるアンジェリカの研究拠点と、佐伯の住所の中間地点にある公園だった。もともと林業試験場だっただけはあり、歩道と運動ができる広場以外は全て林木が生い茂っている。まるで森の中を切り拓(ひら)いて造った公園だった。

約束の時刻の午後六時になった。未来は公園の広場のベンチに座って待った。

時間きっかりに佐伯は現れた。灰色のスーツジャケット姿に白いブラウスと、典型的なオフィススタイルだった。肩まである長さの髪を後ろでまとめている。

佐伯の表情には、困惑と怒りが浮かんでいた。佐伯は未来の姿を見るなり、茶色の封筒を突き付けた。

「なんなんですか、この手紙。共犯ってまるで私が犯罪者みたいじゃないですか」

昨日、未来が佐伯の家のポストに直接入れた手紙だった。

手紙の内容は単純で『あなたが一年前に共犯となった特許出願について興味があり

ます』と書いただけだ。なお、特許出願が「共犯」とやらになることはない。いたずら染みた文面でも、心当たりがあるならきっと呼びかけに応えてくれると未来は思っていた。

未来は正直に訊ねた。

「根室教授から、何を言われたかお訊きしたいんです」

全て把握したのか、佐伯は怒りに任せて未来の手紙を握り潰した。

「この件は会社に伝えます」

「ではなぜいらっしゃったんですか。犯罪と思しき心当たりがあるからではありませんか」

「お話できることは何もありません。それを直接お伝えするために来たとでも思ってください」

「薬粒の積み重ね構造の発明を急遽特許出願をしたのは、根室教授からの指示があったからですか」

佐伯は背を向けた。

未来は佐伯の正面に出た。

「根室教授の意図がどうであれ、この争いで苦しむのはＦＪＡＰの患者です。このまま特許紛争が進めば、プロリュードの製造販売は中止され、患者に届かなくなります」

「私が警告書を送ったわけではありません」

「あなたはそれでいいんですか。自分の発明が悪用されてもいいのですか」

佐伯は「道徳」とラベルの貼ってあるレバーを自分の手で下げたかのように、目を逸らした。

「私にも生活がありますから」

「もしあなたの子供が病気に罹ったとき、ほんの短い期間でも薬が届かないとしたらどう思いますか」

佐伯の声のトーンが一段上がった。

「私が悪いっていうんですか」

「私はあなたを責める気も、あなたの発明を否定する気もありません。全ての発明の創造は祝福されるべきですから。悪意が発生するのは、発明が生まれた後、それを利用する側の人間です。その犠牲になるのは、全く無関係の人々です」

未来は佐伯の目を見た。興奮で見開かれているが、本来であれば穏やかな目のはずだ。

「アンジェリカの権利行使に関する話は聞きません。私が訊きたいのは、根室教授がどうかかわっているか、です。教えてください」

佐伯は顔を下げ、逡巡しているかのように地面に向かって視線を右に左に振った。

未来は、佐伯が話し始めるまでずっと待った。

やがて佐伯が呟いた。

「先に、子供を迎えに行っていいですか」

5

未来は佐伯と共に、佐伯の息子、咲翔が預けられている保育園まで向かった。

夏目の報告書には保育園の場所まで記載されていたのだが、未来は知らないふりをした。

保育園に着いたのは十八時半過ぎだった。この仕事と両立させるには延長保育は必須だろう。

保育園の門をくぐると、男の子がだだだだと中庭を走ってきた。

「ママー!」

佐伯がしゃがんで両手を広げた。

「咲翔ー！」

佐伯が呼んだ瞬間、ばったーん、と咲翔が顔から地面につんのめった。

未来の口から「うぁ」と声が漏れた。「痛そう」

佐伯が駆け寄る前に、咲翔は、すっくと立ち上がった。
一、二秒の沈黙の後、咲翔は泣き出した。
「うわわあああああああ」

佐伯が駆け寄って顔を両手で撫でた。

「だから転ぶから気を付けてっていつも言ってるでしょう」

「うわあああああああ！」

「痛かったねー」

「うわあああああああ！　スマホ買ってーーーー！」

「だめまだ早い」

「スマホほしいいいいいいい！　うあああああああああ！」

未来も近づき、咲翔の前でしゃがみ込んだ。

佐伯が苦笑いする。

「この歳(とし)でもう話題のすり替えを覚えてるの」

「頭のいい子ですね」

なんとなく、泣き声が一段階大きくなった気がした。

「スマホーーー！　マリオーーーーー！」

未来は呆れて呟いた。

「スマホがダメだからゲーム機に作戦変更か」

6

夕食の時間と重なるため、話を訊くついでに、未来と佐伯と咲翔の三人でファミレスに入った。

ファミレスなんて久しぶりだな、などと思っていた未来は自身の状況把握能力の甘さを反省した。

一瞬の隙をつかれた。咲翔が佐伯のミネストローネにストローを突っ込んでいた。

「咲翔やめて！　熱いから！」

母親が怒った時には既に咲翔は口を押さえていた。

「うわああああああん」

確かに、熱いものをストローで飲むと確実に火傷をするが。

佐伯は零れたスープを紙ナプキンで拭いた。

「男の子は、やったらどうなるかわかるはずなのにやるんです」

子供は分からないと思うが、なんとなくそんな気もする。

未来はオムライスをスプーンで突きながら訊ねた。

「お迎えはいつも佐伯さんがお一人で」

「うち、ひとりですから」

知っていたが、知らないふりをした。未来が知っているのはあくまで住所、それも根室研究室の伝手を辿って、という建前だ。本当は夏目の報告書でかなりの個人情報を入手しているのだが。

未来は知らなかったという表情をして、答えた。

「申し訳ありません、知らなかったとはいえ」

「夫とは死別しましたから」

「お子さんを育てながら働くのは、大変でしょう」

「慣れるまでは大変でしたね。子供はカオスですから。何が起きても受け容れるしかないんです」

面白い表現だった。未来は子育ての経験はないので何もイメージがわかなかったが、なんとなく、子供とどう接すればいいかの雰囲気が一パーセントくらいは分かった気がした。

静かだなと思ったら咲翔は寝息を立てていた。

佐伯は優しく呟いた。

「ひとしきり騒いだら疲れて寝るんです」

咲翔のお腹もいっぱいになっただろうし、時刻ももう八時近い。

寝ている咲翔のぷくっとしたほっぺが気になった。指で突つきたくなった。

「いろいろお訊きしたいことがあったんですが、寝顔を見たら吹っ飛びましたね」

佐伯はコーヒーをスプーンでくるくるとかき混ぜた。

「根室研究室に入ったのは、単に就職が有利だったからです」

未来は驚いた。

「医師はもともと目指さなかったのですか」

「病状の進んだ患者さんを見るのが辛かったんです。入学してから気付いて、どうしようってずっと考えていました。最初は皮膚科を目指したんです。皮膚科だと、命にかかわる病気は他の科に比べて少ないですから」

未来は感心した。苦手なことを仕事にして上手くいくことはない。

佐伯は続けた。

「でも、けっきょく皮膚科も向いていなくって。医者をやめようと思いましたが、学費の返済もあります。卒業後はペイのよい仕事には就かないといけない、それも医師以外で。根室研究室に入った理由はそこです」

未来は頷いた。

「卒業生が、多数、医師以外の仕事をしているからですか」

「根室先生の名前は学内外かかわらず広まっていましたから。アンジェリカの上層部は恩沢大卒の派閥があって、その中でも根室研究室卒の派閥が力を持っているんです」

佐伯は根室研究室をうまく活用しようとしたわけだ。佐伯自身もかなり優秀な医師だったのだろう。根室研究室に入ろうと思っている時点で、かなりの自信はあったはずだ。

心を読まれたわけではないが、佐伯の言葉は未来の予想を裏付けた。

「実際に、開発本部長から目をかけられました。成果を出すチャンスをたくさん与えてもらいましたから」

警告書に関する今回の特許出願もだろうか。

佐伯は続けた。

「ある日、本部長から呼び出されて、特許を取れと言われました。それが薬粉の粒の構造の特許です」

「それは根室教授の指示によるものでしたか」

「はっきりとは言われていません。でも、もともと噂がありましたから。本部長と根室教授はずぶずぶだ、と。実際に、新薬でも根室教授が使えば他の病院もこぞって使いますから」

「この特許ですか」

未来は特許公報を見せた。

佐伯は肯定した。

「間違いないです。薬の粉粒の構造の特許」

プロリュードの薬効成分が患部に届くまで体内で分解しないように保護する包み紙の構造を狙った特許だ。

「根室教授が、アンジェリカに警告書を出させた心当たりはありますか」

佐伯は顔を横に振った。

「聞かされていません。私も、社内の噂で聞いて驚きましたから」

珍しい話ではなかった。未来は説明した。

「訴訟になる前であれば、知らなくても無理はありません。警告書を送った事実自体がトップ・シークレットであることはよくありますから」

佐伯は頷きつつも、自分が面倒ごとに巻き込まれている事実に疲弊している様子だった。

未来は質問を続けた。

「今回の、根室氏の意図はわかりますか」

佐伯は申し訳なさそうに首を横に振った。

「ごめんなさい。想像もつきません」

答えを知ってくれていれば楽だったのだが。簡単にいくはずがないか。

未来は質問を変えた。

「根室氏にとって、困ることは何だと思いますか」

佐伯は窓のほうを見て考え込んだ。

「弱点、という意味ですか」

佐伯は言葉を選んでいる様子だった。

「根室先生を困らせられる人はいないでしょう。権威ですから。でも逆に考えれば権威の失墜に繋がることが起きれば困るとは思います」

「例えば何がありますか。根室氏が嫌がるようなことであればなんでもいいんですが」

佐伯の表情が曇った。それはそうだ、恩師を裏切れといわれているわけだからだ。少なくとも佐伯にとって、根室は現状敵ではない。

しかし未来も引き下がるつもりは毛頭なかった。

「あなたから訊いたとは誰にも言いません」

しばし下を向いていた佐伯が顔を上げた。未来と目が合った。

佐伯は自分に言い訳をするように呟いた。

「私が関わった特許で、患者の誰かが苦しむなんて、いくらなんでも嫌ですから」

呟きの後、佐伯は意を決した表情で、答えた。

「先生が嫌いだとおっしゃっていたことが一つだけありました」

「なんですか」

「共同研究です」

「理由はわかりますか」

「情報のコントロールが利きにくいからです。恩沢大内のみで行う研究であれば、いくらでも統制はできます。でも共同研究となると、組んだ相手のコントロールは上手くいきません。組んだ相手は相手の利害で動きますから。根室先生はそれを非常に嫌っていました」

「共同研究はしたがらなかった」

「先生は何でも自分でコントロールしたがりましたから」

「なるほど」

「ですが、近年では共同研究となるケースはとても増えています。大規模な研究は共同研究が必要になりますから」

「研究規模が大きくなった根室氏の研究室は、共同研究を避けられなくなった、というわけですね。でも、そこまで共同研究を嫌う理由になりますか」

「根室先生は、失敗ができない立場なんです。権威ですから。根室先生が根回しをするのもすべては失敗の種を徹底して潰すためです」

未来はぐるぐるする頭の中を整理しながら、佐伯に訊ねた。

「もし共同研究を行わざるを得ないとしたら、根室氏はどうすると思いますか」

「万全を期すでしょうね。失敗しないために、やれることはどんなことでもするでしょう」

佐伯との話から、次のステップの指針は立った。

問題特許三件に関する共同研究を調べれば、根室教授の狙いが何か突き止められるかもしれない。

7

「夏目はもう別件に取り掛かった？」

夏目の事務所にかけた電話に出たのは、所員の百地だった。

百地のハスキーな声がスピーカーから響いた。

『申し訳ありません。先方から早く着手してくれとお願いされて、引きずられるように連れていかれました』

ギリギリ間に合わなかったか。調べさせるとしたら、夏目が適任だったのだが。

未来は食い下がった。

「今どこにいるか、とか、教えてくれないわよね」

『私も教えてもらっておりません』

夏目が使えないとなると、自力で調べることになる。黒崎に手伝ってもらえばなんとかなるとは思うが、時間はかかるだろう。

「困ったなぁ」

『お急ぎの仕事でしょうか？　もし私でできる程度の仕事であればやらせていただきますが』

夏目が雇った人材だ。実力は問題ないだろう。未来は訊ねた。

「あなた専門分野は」

『浮気調査です』

想定外の回答に未来は固まった。

未来は夏目の事務所の屋号を思い返した。夏目・リバース・エンジニアリング。浮気調査をしてくれるとは誰も思わないだろう。

未来は期待をせずに一応訊ねた。

「医薬業界に関する知識や人脈はあるかしら」

『ありません』

電話を切る前の最後の質問をした。

「浮気調査以外でできることは」

百地は力強く答えた。

『男女関係の調査なら、なんでもやります！』

未来は何と答えるべきかしばらく悩んだ。

8　光太の薬が切れるまで、あと二日

次の日、未来はフラーリン本社に向かった。

黒崎に、佐伯から聞いた情報をもとに相談する。

「特許三件に関係しそうな共同研究を探すだと」

未来は頷いた。

「本当は技術分野専門の興信所があるんですが、別件でこちらに手が割けないとの話なので」

黒崎は肩を竦めた。

「ないだろう。根室研究室は共同研究をしない」

「でも、様々な企業に根室研究室の卒業生がいるんですよね。その人たちを使うのは共同研究ではないのですか」

「それは共同研究とは言わない。根室が一方的に企業を利用する場合だ」

「それでももし共同研究をするとしたら、どんな研究だと思いますか」

「根室が共同研究をするくらいの研究であれば、革新的でありかつ、商業的な価値も高いだろう」

「お金にもなるって意味ですよね。難病研究でお金、か」

黒崎は説明を補足した。

「難病に限った話にしなくてもいい。難病も、一般的な病気にも応用できる研究かもしれない」

「そんなに広げたら絞り切れません」

「いい塩梅（あんばい）になるように協力する。ただし、あくまで公開されている情報に限るがな」

黒崎の言葉に、未来ははっとさせられた。

「そうか、秘匿される研究もありますよね。医療分野の事情は疎いので分からないのですが」

「研究のフェーズにもよる。研究初期の概念実証段階では、公開せずアイデアの成熟を待つ。まだ海のものとも山のものともわからん状態で公開されても、見る人が困るだけだからな。だが、ある程度成熟した研究は公開する方向に傾く。成果報告の意味もあるが、それ以前に透明性の確保や倫理的管理が必要になるからだ」

共同研究であれば、なおの話、公開情報になる可能性が高い。

「だとすると、意外に入手しやすいかも」

「あればの話だがな」

「まずは根室研究室のサイトから見ていきましょう」

「あれはダメだ。まともに更新されていない」

未来はPCを開き、黒崎とともにネットで根室の関わる研究を調べた。

黒崎が学会関連のデータベースにアクセスできたおかげで、調査は少しずつだが進んだ。

終日、調査をしたところで、未来と黒崎は、とある学会誌の小さな記事を見つけた。

恩沢大学医学部と企業の共同研究について言及されている一文があった。

未来はタイトルを読み上げた。

「バイオマーカーの低苦痛検知・診断システム」

黒崎はディスプレイを覗き込んだ。

「共同研究相手はどこだ」

「今探しています」

未来は夏目のありがたさを心底感じつつ、関連情報を必死に掻き集めた。

ようやく辿り着いた企業があった。

「山名医療機器。根室氏が打ち合わせをしていたという企業ですね」

黒崎は渋い顔をしてディスプレイを眺めている。

未来が情報を読み上げる。

「研究開始は五年前。黒崎さんが大学を辞めた直後ですね」

黒崎は目を瞑った。

「バイオマーカーだとして、それがどうして今になって」

未来はバイオマーカーで根室研究室に関する研究を調べた。

辿り着いた先は、文部科学省主導の補助金プログラムだった。

『グローバルＣＯＴプログラム　採用』

「聞いたことがあります。大学の優れた研究に政府が補助金を出す研究支援プログラムですよね。採択が旧帝大系ばかりに集中して問題になっている」

黒崎は目を見開いた。

「取ったのか、恩沢大が、私学として初めて政府の補助金の枠を」

未来はディスプレイをじっと見つめた。

「正確には、山名医療機器との共同研究が枠を取ったようですね。ＣＯＴプログラムは、基礎研究ではなく実用化できる研究が枠を取りやすいと聞きます。製品化するには、大学のような研究機関だけでは難しい。だから民間のメーカーである山名医療機器と組んだのでしょう」

黒崎は少し考え込み、すぐに頭を振った。

「しかし、プロリュードには無関係だな。プロリュードは特にバイオマーカーを使わない」

未来の頭の中で、何かが繋がった。

「関係があるのはプロリュードではありません」

未来は黒崎を見た。

「根室氏の狙いは、全く別だったみたいです」

9

その日の夜、未来はフラーリン社長室で、國広と黒崎に対応方針を説明した。

現在のフラーリンの置かれた状況を説明すると、國広は知っていたとばかりの口調で訊ねた。

「特許侵害は免れることはできないのですね」

　未来は頷いた。

「実際に裁判となれば、勝利は極めて難しいでしょう」

「その場合、プロリュードの製造販売は、もう無理になりますか」

「警告書の内容通りであれば、不可能になります」

　未来はミスルトウのロゴの入った封筒をショルダーバッグから取り出した。

「この状況を踏まえて、対応方針を立てました」

　封筒を國広に手渡す。

　國広が封筒を開き、一枚の書類を出した。

「書類に明記してあるのは概要のみです。詳細は今から口頭でご説明します」

　未来は、今後行う作戦案について説明した。

　説明を終えると、國広は腕組みをして下を向いてしまった。

「正直なところ、手放しに受け容れるのは難しいです。この作戦は、あくまで大鳳先生の考える仮定が正しかった場合に成り立つ話ですよね」

　未来はＰＣを取り出し、社長室のディスプレイにスライドを表示させた。

「仮定の検証結果です。黒崎さんにご協力いただきました」

二列の表を見せながら、未来は説明する。

説明を聞き終わった國広は、黒崎に訊ねた。

「黒崎、どう思う。間違いないか」

黒崎は頷いた。

「俺が一番よくわかっている話だからな」

未来も続けて説明する。

「そもそも、この仮定が成立しないと今回の事件は起こりようがないんです。特許権侵害の警告書が一度に三通も届くなんて異常事態は」

國広はしばらく社長室をうろうろした。

やがて、國広が答えた。

「わかりました。やってください」

未来は即座に答えた。

「特許権者三社に交渉の連絡をします」

黒崎が訊ねる。

「交渉はいつ始められる。もう時間がない」

未来は即答した。

「すぐにでも。前回の返答書で、プロリュードの製造を止めたことは三社に連絡済みです。患者の命が懸かっていると知っている以上、三社に時間を稼ぐような真似はできません」

10

光太の薬が切れるまで、あと一日

交渉の場は、特許権者三社のうちアンジェリカの本社内と決めた。

交渉の日、未来は日本橋のアンジェリカ本社に向かう車の中で、國広から質問された。

「特許侵害の交渉って、特許権者が複数社いる場合、全員が集まってやるものなんですか。私はてっきり、一社一社各個別にやるものだと」

未来は首を横に振った。

「個別に決まっています。私も三社同時は初めてです」

黒崎が眉を顰(ひそ)めた。

「大丈夫なのか」

「一挙に片づけたほうが早いですから。それに」

未来は車窓から見える高層ビルを眺めた。

「変わったことをしたほうが、根室氏も気にするでしょうし」

國広が心配そうに訊ねる。

「来ない特許権者がいたらどうしますか」

「今のところ、欠席の連絡は届いていません」

「アンジェリカもよく了承しましたね」

「相手にとっても都合がよいはずです」

本当の交渉相手が誰かは、いずれわかる話だ。

未来は國広と黒崎に告げた。

「交渉が始まりましたら、私が全て受け答えをします。國広さんや黒崎さんに話を振ることはないと思います。そのつもりでいてください」

國広は少し悩んだ後、頷いた。

「私が思わず口を滑らせるとまずいような場合もありそうですね。わかりました。全てお任せします」

黒崎は渋々頷く。

「医学的に間違っている発言をしても、フォローしてやらんからな」

未来は、黒崎の顔を複雑な気持ちで見て、頷いた。

アンジェリカの本社は、地上四十階建てのオフィスビルに入っている。

未来たちは受付のある二十階に到着した。

そのまま会議室に通される。

会議室は三十人規模の部屋で、天井にぶら下がっている大型ディスプレイが印象的だった。ディスプレイは正面と左右に二つずつ、計六つ。電源は投入されていない。あと天井にカメラが二つ。部屋には四人掛けのテーブルが四角を作るように配置されている。

既に特許権者三社の交渉担当者たちが集まっていた。正面奥の議長席にアンジェリカ・上杉の担当者が三人、右側の席に田村製薬の担当者が三人、左はフィンネルの担当者が二人、着席していた。合計八人だ。

未来たちは入口に近い手前の席に着いた。未来を真ん中に、右に國広、左に黒崎が座った。

未来はさっそく交渉を始めた。

「お集まりくださりありがとうございます」

即座に文句がついた。田村製薬の担当者だ。

「三社共同とは聞いていない」

「何か問題でもありますか。みなさん顔見知りでしょう」

未来はフラーリンが三社から同時に警告書を受け取ったなどと一言も伝えていない。でも今の田村製薬の『共同』と言う言葉は、それは三社が共謀していることを自白したに等しい。

とはいえ、もはやそんな分析はどうでもいいのだが。

未来はとっとと先に進めることにした。

「結論だけ先にお伝えします。フラーリンのプロリュードは、御社方の提示の特許権を侵害している可能性があります」

三社とも全員驚いている。いきなり侵害を認めるとは思わなかった様子だ。

未来はPCを取り出し、ディスプレイに接続した。

「ところで、皆様にぜひご覧いただきたい製品があります」

未来は写真を表示した。

写真には、四百リットルの冷蔵庫を二つ並べた程度の大きさの装置が写っていた。装置の主な色彩は白と青で、前面には大きな黒いガラスの扉があり、その中には複数の計測装置が見えている。右上には小さなモニターがある。

装置には大きく、山名医療機器のロゴが付されていた。

フィンネルの交渉担当者が首を傾げた。

「これは何ですか」

アンジェリカの交渉担当者も頷く。

「今回の交渉と関係がありますか」

二人の表情を、未来は観察した。まだ知らないふりをしているかどうかまでは判断が付かなかった。

未来は説明を続けた。

「本医療機器は苦痛を最低限に抑えたバイオマーカー検出装置です。患者にカテーテル挿入のような苦痛を与えずにバイオマーカーを検出することができる装置です。精度は現在行われている検出方法、つまり体組織の直接の採取のほうが高いですが、じゅうぶん実用レベルです」

未来はスライドを切り替えた。

「この検出装置は、山名医療機器が製造および販売を予定しているものです。しかし実際の基礎理論を開発したのは、山名医療機器ではありません」

　未来はスライドを切り替えた。

「恩沢大医学部教授、根室氏による研究です。正確には、根室研究室と山名医療機器との実質的な共同研究です」

　交渉担当者たちが、全員、顔色を変えた。

　アンジェリカの交渉担当者が、遮るように発言した。

「話が見えないのですが、いったい何を主張されたいのですか」

　未来は気にせず続けた。

「我々は独自の調査により、根室氏の関わる本検出装置が、我々フラーリンの特許を侵害していることを確認しました」

　交渉担当者たちが明らかに反応している。アンジェリカの担当者は、目をきょろきょろしている。

　未来は説明を続けた。

「今から特許と本検出装置の対比を行い、特許侵害を証明します。この侵害立証をもって、警告書に対するフラーリンからの回答とします」

　田村製薬の担当者が声を上擦らせながら答えた。

「そんなものを見せられてもね」

フィンネルの担当者が頷く。

「恩沢大は我々とは無関係ですが、なぜ恩沢大の研究の侵害立証が我々の警告書に対する応答になるのですか」

「あなた方の背後に根室氏がいることはわかっています。根室氏の狙いも、です」

未来は三社の担当者を見渡した。

「先程不正確な表現をしました。このバイオマーカーの低苦痛検知システムに用いられているアイデアは根室氏の創作した発明ではありません。当時根室研究室に所属していた研究医が創作したものです。この発明は特許を付与され、現在フラーリンが特許権者となっています。この特許をフラーリンごと消滅させるために、根室氏はわざわざ大手製薬会社三社にフラーリンを潰すための特許を作らせた。違いますか」

交渉担当者たちは一斉に慌てふためいた。

アンジェリカの担当者が声を荒らげる。

「何をバカな」

田村製薬の担当者は目を逸らした。

「妄想だ、そんなわけがあるか」

「我々が辿り着いた真相について、順を追って説明します。かなり複雑ですけどね。

すべての発端は、根室研究室にいた研究医でした。問題は、その研究医が、根室氏が民間企業から賄賂を受け取るところを見てしまったことです。根室教授は難病治療の権威であり、製薬会社のような民間企業にも影響力がある人間です。賄賂なんて日常茶飯事かもしれませんが、これがバレたら権威の失墜は免れない。根室氏はその研究医をなんとか抑え込もうとしました」

未来は、天井を見上げた。カメラの赤いランプが点灯している。

「その研究医は根室氏の嫌がらせにより出世の途も絶たれ、失意の中で恩沢大を去りました。幸い創薬ベンチャー企業に勤めることとなり難病治療薬の開発に従事し、その才能が失われることはなかったのですが、問題は研究医を追い出した根室氏です」

未来は天井のカメラレンズを睨んだ。

「根室氏は自身の権威をより強固にすべく、文部科学省の補助金事業であるグローバルCOTプログラムに申請しました。この補助金事業に申請が採択されることは名誉です。大学間の競争性が高く、特に旧帝大系の国公立大学の採択が多いからです。恩沢大からは採択されたことはなく、もし採択されれば恩沢大は国公立に並ぶ私大として評判を上げるでしょう」

カメラの向こうでちゃんと聴いておけよ。

「根室氏の研究はＣＯＴの補助金枠を獲得しました。また研究内容は医療機器の形で医療現場にも用いられることになりました。製品化を行うのは、山名医療機器。根室氏が賄賂を受け取った企業と推測します。山名医療機器は根室氏に賄賂を送り、研究がＣＯＴで補助金採択された場合の製品化の約束を取り付けたんです。根室氏にとっては、研究は順調。恩沢大内や医療業界だけでなく、国公立大学を含めた大学間での評価も盤石となりつつありました」

三社の担当者たちは、未来の話を皆必死に聞いている。あら探しでもするかのような表情だった。

未来は続けた。

「しかし、大問題が発生しました。根室氏の研究を実現するには、ある技術が必須だと判明したのです。その技術は、恩沢大を追い出された研究医が、研究室にいたころに特許権を取得したものでした。その特許を、ここでは発明者の名前を取って黒崎特許とでもしておきましょうか」

アンジェリカと田村製薬の担当者たちが、びくっと体を震わせた。フィンネルの担当者たちはあからさまに項垂れた。

ストーリーは間違っていなかったらしい。未来は続けた。

「黒崎特許は恩沢大に帰属するはずでした。恩沢大の職務発明規定により、研究で生まれた特許は大学に帰属することが原則だからです。しかし、例外もあります。大学側が、無価値と判断した特許については、大学では保持せずに発明者に譲渡する規則になっていました。特許の維持にもお金がかかりますから、まあ当然です」

カメラのレンズの奥に、未来は人の影を幻視した。

「黒崎研究医のした発明ですから、その価値は発明者の教官である根室氏の評価が重要視されます。根室氏は当時、黒崎特許の価値には気付いていませんでした。しかも賄賂を受け取るところを見られてどうにかして排除したいと思っていた相手です。そんな男の成果を評価することは感情的に不可能だった。根室氏は黒崎特許を酷評し、特許は発明者である黒崎研究医の元に戻りました。しかし、今回の共同研究にかかるバイオマーカー検出システムの開発において、黒崎の特許技術が実は自身の研究で回避できないと判明したのです。根室氏は慌てたはずです。もし黒崎特許が生きていたら、自身の研究は必ず黒崎特許を侵害することになる。もしCOTの関係者にこの事実が知られたらどうなるか。もし、山名医療機器で検査装置が製品化された後にこの事実が明るみに出たらどうなるか。根室氏は黒崎特許の生死を特許庁のデータベースで確認したでしょう。データベースは誰でも確認できますから。黒崎特許はフラーリンに譲渡され、今も維持費を支払われて生きていました」

皆、未来の説明に聞き入っていた。

未来は滔々と続けた。

「根室氏としてはどうしても黒崎特許を消滅、つまり無効にさせなければならなかった。ここで根室氏は悩みます。特許を無効にする場合、根室氏と黒崎氏は、特許の有効性を裁判の形で争うことになります。裁判になったら黒崎氏は当然思うわけです。『俺の特許を無効にしたいということは、特許があると困るということか。それって特許侵害をする予定があるって意味では』と。真意を隠したまま特許を無効にすることはとても難しいのです。根室氏が考えた末の結論は、『黒崎特許を特許権者ごと潰す』でした。特許権者であるフラーリンが消滅すれば、特許も消滅します。根室氏は、現在医療業界で活躍中の自身の教え子たちを使い、フラーリンを潰そうとフラーリンの事業を阻害する特許を急いで作らせました。フラーリンに特許紛争を仕掛けさせ、フラーリンの社運がかかった医薬、プロリュードの製造販売を中止させるためです。根室研究室の卒業生たちは、医療業界にも深く入り込んでいます。特に製薬会社の経営層にいる根室研究室卒業生は、今の地位を恩沢大や根室氏の名前により得ています。根室氏の命令であれば従うでしょう。実際、フラーリンは資金の大半をプロリュードの開発に費やしました。もしプロリュードが発売できなくなれば、フラーリンは確実に倒産します」

未来はスライドを切り替えた。長いリストが現れた。

「これは根室研究室がCOT補助金枠を獲得した後、根室研究室卒業生が発明者となった特許出願で、プロリュードの構造、製造方法など、周辺特許として出願されたもののリストです。全部で二十八件。出願人は医療関連会社の多岐にわたり、全て早期に審査されるよう特許庁に手続きされています。なお二十八件中二十五件は特許化に失敗しています。急いで作らせたせいで質の担保ができなかったのでしょう。しかし三件は特許化に成功しています。その三件が、今目の前にある、警告に使われた三件の特許です。改めて見ると見事なものです。見事にフラーリンのプロリュードを囲み切りましたね。特にプロリュードのキーとなる構造と製造工程に関する製法特許を的確に抑えています。まあ二十八件も特許出願をしていればいくつかは当たるでしょうけど。おまけに篠原製薬が秘匿していた工程まで調査して。カルタゴンの納品書も根室氏から流れてきたものですよね。きっと根室氏は伝手を辿ったり興信所を使ったりして独自に調査したのでしょう。すさまじいバイタリティです。もし可能ならうちの事務所で雇いたいくらい」

しゃべり過ぎて息が苦しい。未来は一度、息を整えた。

「これが事件の真相です。複雑な上に、おかしなことだらけでした。そもそも警告書が三件もほぼ同時に届くなんて異常ですから。さて、ここまで説明した上で、フラーリンのスタンスをもう一度説明します。もし警告書を取り下げない場合、黒崎特許を用いて山名医療機器のバイオマーカー検出装置を特許侵害として訴えます」

しばらく沈黙が流れた。

田村製薬とフィンネルの担当者は顔を見合わせた。

しかしアンジェリカの担当者だけは違った。

「全て妄想だ。我々は恩沢大とも、根室氏とも無関係だ」

「だったら本当かどうか、確かめてみましょうか」

未来は天井のカメラを睨み、叫んだ。

「聴いているんでしょう、根室教授。出てきてください。フラーリンはあなたとの話を希望します」

カメラの赤いランプがずっと点灯している。

未来は、囁き（ささや）きに近い小声で告げた。

「こんな回りくどいことをせずに、フラーリンに、黒崎さんに頭を下げてライセンス許諾を得ればよかったのに」

『お前に私の何がわかる』

スピーカーから低い声が重く響いた瞬間、ディスプレイが暗転した。電源が落とされた。

直後、ディスプレイ六面全てに、根室の顔が表示された。

交渉担当者たちが驚く。

「いらっしゃったのか」

「教授」

「先生」

未来は薄く笑った。

「あまり趣味のいい登場じゃないわね」

未来は、根室が必ずこの交渉の場に来ると確信していた。根室なら交渉の顚末をきちんと自分で確かめたいと思うはずだからだ。

アンジェリカの交渉担当者が、ディスプレイに向かって訊ねた。

「先生、どうすれば」

『警告書は取り下げるな。そのままフラーリンと特許訴訟をせよ』

「先生、お言葉ですが、それはしない約束では」

『誰のおかげでその地位を得た。全ては私の名誉あってのことだ。私の権威がなければお前など医師を外れたただの一般市民と同じではないか』

アンジェリカの交渉担当者も、根室研究室の卒業生だったようだ。石を投げれば根室研究室生に当たるのではないだろうか。

「しかし、先生」

『もういい。お前の上司に話をしたほうが早いようだ。お前より私の言うことをきく従順な飼い犬だからな』

アンジェリカの担当者は泣きそうな顔で答えた。

「申し訳ありません、先生にはこれ以上ないくらいの恩を感じています。しかし、これ以上のご要求を呑むことはできません。これ以上は根室派閥でも抑えられません」

『お前たちの代わりなどいくらでもいることを忘れるな』

根室の瞳は全ての光を吸収してしまうかのように黒い。

『戦争とは、一度始めればいずれかが滅びるまで続く。中間はありえん。弾と命が尽きるまで尽力せよ』

未来の口からぽろっと言葉が零れた。

「黒崎さんの気持ちを考えたことがありますか」

根室は反応しない。自分に話しかけられたとは思っていない様子だった。

未来は続けた。

「一連の話の流れの中で、どうしても納得がいかなかった部分があります。賄賂の現場を見た黒崎さんの行動です。黒崎さんは現場を見ただけで、確かに賄賂の物証なりなんなりを持っているわけではありませんでした。でもね、本気で賄賂の事実を摑むためならいくらでも手はあるんですよ。ただでさえ医療業界では透明性が問題になるんです。いくら根室氏が大学内で権力を持っていようとも、黒崎さんは戦う術はいくらでもあったんです」

未来は最後のスライドを表示した。

百地からの報告書の抜粋を表示しながら、未来は百地との会話を思い返した。

百地は力強く答えた。

『男女関係の調査なら、なんでもやります！』

未来は何と答えるべきかしばらく悩んだ。

「あなた、親子関係の調査はできる？」

『具体的にはどのようなパターンですか』

「ある母子がいて父親が誰か不明。父親候補が一人いる。そいつが父親か確かめてほしい」

『全員、日本人ですか』

「そう」

『でしたら楽勝ですね』

百地は二日で調べた。

「根室さん、あなたは医学部生だったころに、交際していた女性がいましたね」

三社の担当者たちが、未来と根室を交互に見やった。

根室の口元が震えている。

「実際には、交際とはいえないものだったかもしれません。ゆきずりの恋と表現したほうが正確かしら。その時、女性は子供を身籠(みごも)りました。女性はあなたが医学部生で勉学に忙しいことを知っていたので、妊娠の事実を打ち明けずに密(ひそ)かに子供を産みました」

『待て』

「その子供が黒崎恭司。あなたと同じ大学に入り、研究医としてあなたの元で研究し、もう少しで准教授にまで手を伸ばそうとした医師です」

『でたらめだ』

「あなたが自身の研究室から追い出した、あなたの子供です」

『いい加減なことを言うな！』

「黒崎さんは、父親の破滅までは望まなかったんです。だって、でないと説明がつかないでしょう。奥多摩の僻地に飛ばされることがわかっていて、普通だったら戦うところです。諦めて飲んだくれて家賃を二か月も滞納しているくらいだったら慰謝料の請求でもしますよ」

根室の視線が、未来から未来の後ろに逸れた。

未来の隣には、國広と、黒崎がいる。

「黒崎さんは、在学中にあなたが父親だと気付いたそうです。なんならＤＮＡ鑑定でもしましょうか。医者らしく医学的にはっきりさせましょうか」

『貴様』

「あなたこそ、息子の恭司さんが身を挺してかばってくれたからその地位にいられるんです。偉そうなことをいえる立場ではありません」

交渉開始時に伝えた通り、未来は、自分で発言しながら、怖くて左隣を振り向くことができなかった。

全てフラーリン側から承諾を得た上の情報提示とはいえ、未来は許されない切り札を切った自覚があった。

アンジェリカの担当者が、縋るように呟く。

「先生」

手札は全て切った。未来は要求を伝えた。

「今すぐ、特許権者三社に警告書の取り下げを命じてください。取り下げる限り、フラーリンは山名医療機器、恩沢大、根室氏の研究及びそれに関するいかなる成果物に対し、黒崎特許による権利行使を行わないことを約束します。必要ならこの場の発言については全て秘密として保持します。これは黒崎さんの意志でもあります」

根室は抜け殻のような表情をしていた。もはやなんの感情も読み取れなかった。

未来は続けた。

「要求を受け容れてくださるなら、我々フラーリンは、プロリュードを必要とする人々の未来を守ることができます。ご検討ください」

未来にできることはもうなかった。

11

三か月後、光太の退院記念に、未来は呼ばれた。

てっきり盛大なパーティーでもするのかと思ったら、フラーリン社の中庭でバーベキュー大会だった。それも國広親子と黒崎、そして未来の四人だけだ。

聞いた話では、どうも光太がパーティーを嫌がったらしい。そんな軟派なものではなく少人数で渋くてカッコいい感じの男の集まりがいい（國広より伝聞）とのことだ。

なんで私が呼ばれたんだよ。まさか男カウントされてんのか。

ステンレスの太い串に刺さった牛バラ肉とプチトマトにほぼ八つ当たり気味に嚙り付いた。脂が甘い。昨日一晩かけて、國広が下ごしらえをしたらしい。

バーベキューグリルの隣で、國広と光太が笑いながら串を焼いている。光太が串を触ると、炎が上がった。光太はげらげら笑っている。火傷するぞ。

親子を眺めながら、未来は黒崎に訊ねた。

「いつごろ気付いたんですか」

黒崎は缶ビールに口を付けた。

「研究室に入ってすぐだな。おふくろから聞いていた特徴にそっくりだった」

「お母さまと根室氏が別れてから二十年以上経過していたわけですよね。わかるもんですか？」

「見りゃわかるもんは見りゃわかるんだよ」

「お母さまには伝えたんですか」

　黒崎は缶ビールを呷った。

「言えなかったな。言えば会いに行くだろうし、そうしたら困るだろうしな」

「私ならわかったその場で引っ叩きにいきますが」

「だから今日呼ばれたんじゃないか、男気があるってことで」

　串で黒崎を刺してやろうかと思ったが、ステンレスの串先は鋭く、危険だったのでやめた。

　黒崎は半眼で未来を睨んだ。

「だいたい、人の血縁を切り札にするなんて普通考えるか？　あの場にいた製薬会社三社の奴らにも全部聞かれたんだぞ」

「あの交渉における一番の懸念は、根室氏の逆ギレでした。最後に根室氏が感情的になり、血で血を洗う特許紛争も辞さない、と言い出したら、根室氏もフラーリンもおしまいだったんです」

黒崎は渋々頷いた。

「そうだけどよ」

「ですから、万が一のためのシルバーブレットが欲しかったんです。で、ずっと気になっていたことをひょっとしたらと思って調べたら、ひょっとしたと」

「職権乱用だろう。人の身辺を勝手に調査しやがって」

「でもおかげで事件は無事に収まるところに収まりましたし」

黒崎はあきれ顔で、缶の中身を飲み干した。

「なんて奴だよ、ほんとに」

未来はにっこり微笑んだ。

「最近、お母さまと連絡は」

「昨日、久しぶりに取ったよ。元気だった」

交渉があった日の夜、田村製薬、フィンネル、及びアンジェリカから電話による連絡があった。三社とも「後で正式な文書を送付する」と断った上で、警告書を取り下げると話した。

本来ならば、お互いに権利行使をしない旨の契約を結んでおくべきだが、後に三社から届いた文書には、「今後は決してフラーリンに警告書を送ることはない」との旨の記載があった。

　これは法的な効力があるものではない。しかし、未来も國広も、信じてよいだろうとの結論に至った。

　三社にとっては、根室氏の威光が消えては困るからだ。根室氏の神通力が働く限り、三社にも恩恵があるからこその判断だ。

　逆の見方をすれば、三社はあの根室氏に貸しを作れたことになる。これは三社とも、伝家の宝刀として宝物殿に祭壇でも作って飾っておく価値がある貸しである。

　その上で、今回の件は何もなかったことにしなければならない。三社間で秘匿することで、宝刀の価値は増す。

　フラーリンも、警告書が届く前の状態に戻った。三社からの電話連絡を受け、國広は篠原製薬にプロリュードの製造を即時再開するよう連絡した。

　篠原は「三日前からこちらの責任で製造及び検査を再開している」と答えた。翌日よりプロリュードは滞りなく供給された。

　患者に症状の再発はなかった。光太も無事だった。

　唐突に、黒崎が微笑む。

「いい笑顔してやがるな、光太」

光太が大声で叫ぶ。

「恭司さん！　未来さん！　肉焼けましたよ！」

黒崎が笑いを堪えた。

「肉を食えるまでよくなってる。死にかけてやがったのに。よかったよ」

國広も光太に続いて叫んだ。

「黒崎！　早く来い！　肉なくなるぞ！　大鳳先生も早く！」

黒崎が缶を置いてグリルに駆けていく。

未来も負けじと駆け出した。

季節は初夏から本格的な夏に変わろうとしていた。

本書は書き下ろしです。
この物語はフィクションです。作中に同一の名称があった場合でも、
実在する人物・団体等とは一切関係ありません。

宝島社
文庫

シルバーブレット
メディカルドクター・黒崎恭司と弁理士・大鳳未来
（しるばーぶれっと　めでぃかる・どくたーくろさききょうじとべんりし・おおとりみらい）

2024年10月17日　第1刷発行

著　者　南原 詠
発行人　関川 誠
発行所　株式会社 宝島社
〒102-8388　東京都千代田区一番町25番地
電話：営業 03(3234)4621／編集 03(3239)0599
https://tkj.jp
印刷・製本　中央精版印刷株式会社

ISBN 978-4-299-06061-7